Karl von Eckhartshausen
(Le conseiller d'Eckhartshausen)

# LA NUÉE
# SUR LE SANCTUAIRE

## OU
## QUELQUE CHOSE DONT LA PHILOSOPHIE ORGUEILLEUSE DE NOTRE SIÈCLE NE SE DOUTE PAS

Préface de Marc Haven

*Le Seigneur
ne conquiert point par les armées
mais par la puissance
et la force de Son Esprit.*

# PRÉFACE
# DE LA
# NOUVELLE ÉDITION

En commençant la publication de cette collection de livres par la réédition de *La Nuée sur le Sanctuaire*, d'Eckhartshausen, nous avons été conduits moins par le désir d'offrir au public un ouvrage sensationnel que par la résolution d'exprimer ainsi l'idée générale qui nous guide dans notre œuvre[1].

Un traité rare de science hermétique, la réédition d'un volume introuvable de Boehme ou de Fludd, une étude sur la Kabbale, auraient peut-être forcé davantage l'attention des curieux; mais le sujet aurait pu faire croire aux lecteurs que notre collection allait se limiter à un genre spécial et relevait uniquement des sciences dites occultes. Or, notre souci est précisément de nous tenir à l'écart de toute secte, de toute école, et de n'offrir aux travailleurs que des ouvrages indépendants, susceptibles d'éveiller en eux le désir du vrai, qu'ils sortent des mines encore inexplorées de l'hermétisme, ou qu'ils proviennent de savants, d'artistes, de philosophes modernes. Pourvu que l'esprit s'y manifeste par quelques pages de beauté ou par quelques aperçus nouveaux du savoir; pourvu qu'il résulte de notre entreprise, chez quelques-uns, un élan plus généreux de bonté, une intuition plus voisine de la vérité, notre but sera atteint.

Ne dépendant d'aucune secte, ne voulant attirer personne dans aucune chapelle privée, nous nous efforcerons seulement d'offrir aux lecteurs une anthologie d'œuvres substantielles et peu connues. L'unité de cette collection naîtra de la commune tendance spirituelle de tous les ouvrages, et non pas d'une même antiquité, d'une même école philosophique, ou d'un même programme d'études spéciales.

---

[1] *La Nuée sur le sanctuaire* d'Eckhartshausen inaugurait la Collection du *Museum Hermeticum*, qui était la Maison d'édition d'un neuf et puissant organisme fondé en juin 1914 par le Dr Marc Haven: la Société de la Renaissance Universelle. Cette Société «tendait à dresser comme un autel, un temple élevé à la Gloire de la Pensée Éternelle se manifestant dans le Monde et l'Humanité par cette triade: le Beau, le Vrai, le Bien». Elle devait comprendre: une Revue mensuelle (dont parurent les deux premiers Numéros), une bibliothèque d'ouvrages rares à consulter sur place, une bibliothèque de prêt, un Musée, une salle de conférences, une maison d'édition, un laboratoire, un bureau de renseignements scientifiques. La guerre vint, interrompant brutalement cette œuvre prestigieuse, qui ne put ensuite être reprise (NDE).

A ce point de vue, *La Nuée sur le Sanctuaire* nous a paru le type du livre à publier. Il exprime, mieux que nous le ferions par un ouvrage nouveau, nos propres sentiments sur cette union des esprits qu'Eckhartshausen appelle : Communauté de la Lumière, et que le Zohar appelle : Communauté d'Israël ; ce petit livre contient une introduction au plus réel savoir que l'homme puisse atteindre, et aucun autre n'était plus indiqué pour paraître en premier lieu, au début d'une collection d'ouvrages initiatiques.

Nous ne rapporterons pas ici la vie du conseiller Karl von Eckhartshausen (1752-1803) ; on peut en trouver les détails dans la Biographie générale d'Hœfer ; mais nous tenons à insister sur ce fait que notre auteur a voulu et su se tenir à l'écart de toutes les sociétés secrètes, plus ou moins mystiques, qui fleurissaient à son époque, tout en restant, plus que personne, membre actif de cette Communauté de la Lumière qu'il décrit en si parfaite connaissance de cause dans ses ouvrages [2].

Il a publié, en allemand, toute une série d'ouvrages de mystique, de psychologie, de science, s'occupant surtout dans ses recherches de la philosophie des nombres : les principaux :

*Aufschlüsse zur Magie*. Munich, 1788-1791, 4 vol. in-8.

*Kostis Reise* von Morgen gegen Mittag.

*Mystische nachte*. Munich, 1791, in-8, 2 v.,

ont été réédités par J. Schuble à Stuttgart, de 1839 à 1841 sous le titre général : *Religiose Schriften ueber Klares und Dunkles*, en 6 vol. in-8.

Les : *Zahlenlehre der Natur*. Leipzig, 1794, in-8, avec la suite : *Probascologie oder praktischer Theil der Zahlenlehre der Natur*. Leipzig, 1795, in-8, n'ont pas été réimprimés, non plus qu'une douzaine d'autres ouvrages de chimie, de sociologie, de morale et de religion de notre auteur. Malgré cette œuvre importante, tant par le nombre que par l'attrait des sujets traités, Eckhartshausen est presque inconnu chez nous, et l'est fort peu dans son propre pays. L. Cl. de Saint-Martin l'ignorait entièrement, et c'est sur le conseil de Kirchberger, qu'il lut ses ouvrages ; il remercia son correspondant de le lui avoir signalé, mais ne semble pas en avoir apprécié toute la valeur [3].

Les deux petits traités : *Dieu est l'amour le plus pur* (paru en 1784) et *La Nuée sur le Sanctuaire*, traduits en français à Lausanne, et venus de Suisse en France

---

[2] Voir en particulier les lettres deuxième et troisième de *La Nuée sur le Sanctuaire*.
[3] Correspondance inédite de Saint-Martin. P., 1862, gr. in-8, p. 258.

en 1819, n'ont pas attiré l'attention générale ni provoqué de nouvelles traductions.

Nous essayons de réparer cette négligence : *La Nuée sur le Sanctuaire* porte, plus que toute autre œuvre d'Eckhartshausen, l'empreinte de l'esprit dans ce qu'il a de plus clair, de plus pur, de plus lumineux ; en outre, il est peu connu et les exemplaires en sont introuvables. C'est ce qui nous a décidés à commencer notre collection par ce bel appel aux âmes d'élite ; d'autres traductions inédites d'Eckhartshausen, suivront et s'entremêleront à nos autres publications, mais toutes pourront se réclamer de *La Nuée sur le Sanctuaire* ; elles seront toujours choisies avec le même souci d'aider nos frères, les hommes de bonne volonté, de fournir à leurs pensées quelque nourriture substantielle, qu'elle soit prise dans le laboratoire des vieux alchimistes, dans l'oratoire du mystique, dans le «Champ où travaillent les Moissonneurs» ou dans ces jardins, chers aux artistes, où s'opère l'union de leur âme avec l'âme universelle, partout enfin où le verbe de Dieu se manifeste et parle à l'homme.

DR MARC HAVEN

# POUR MÉDITER
## AVANT LA LECTURE DES LETTRES

(Extrait d'un traité de chimie de M. d'Eckhartshausen)

*Si oculus tuus fuerit simplex totum corpus tuum lucidum erit* (Saint-Luc, chap. II, v. 34).

L'œil intérieur de l'homme, c'est la raison, *potentia hominis intellectiva, mens.*

Si cet œil intérieur est éclairé par la lumière divine, alors il est le vrai soleil intérieur, par lequel tous les objets viennent à notre connaissance.

Tant que la lumière divine n'éclaire pas cet œil, notre intérieur vit dans les ténèbres. L'aurore de notre intérieur commence quand cette lumière se lève.

Ce soleil de l'âme éclaire notre monde intellectuel, comme le soleil extérieur éclaire le monde extérieur.

Comme, au lever du soleil extérieur, les objets du monde sensible nous deviennent peu à peu visibles ; ainsi, au lever du soleil spirituel, les objets intellectuels du monde spirituel ou raisonnable viennent à notre connaissance.

Comme la lumière extérieure nous éclaire sur le Chemin de notre pèlerinage, ainsi la lumière intérieure nous éclaire sur la voie du salut.

Mais, comme l'œil extérieur de l'homme est exposé à différents dangers, l'œil intérieur l'est de même.

Cet œil intérieur doit être conservé sain, pur et inaltérable : alors, il peut s'élever, comme l'œil extérieur vers le ciel ; et, comme l'œil extérieur peut considérer le firmament, les étoiles et le soleil, ainsi l'œil intérieur peut voir tout le ciel, les anges et Dieu même — ainsi qu'il est écrit : *Signatum est super nos lumen vultus tui* (Ps. 4) ; *Ostendam omne bonum tibi* (Ex. 6, 33).

Quelle grande destinée a l'homme intérieur !

Son spirituel peut s'élever jusqu'aux anges et aux intelligences supra-angéliques ; il peut s'approcher du Trône de la Divinité, et voir en lui-même toutes les magnificences des mondes divin, spirituel et physique ; *Averte oculum tuum, ne videat vanitatem.*

Détourne ton âme, ton œil intérieur, de toutes les choses qui ne sont pas Dieu ; ferme-le à la nuit des erreurs et des préjugés, et ne l'ouvre qu'au Soleil spirituel.

*Ce Soleil spirituel, c'est Jésus-Christ!* Car, comme le soleil extérieur possède la lumière et la chaleur, rend tout visible et fait tout fructifier ; ainsi, ce soleil intérieur rend tout susceptible d'être connu dans l'esprit, et actif dans le cœur : car la Sagesse et l'Amour sont ses forces, la raison et la volonté de l'homme ses organes. Il parfait nos puissances avec la Sagesse et notre volonté avec l'Amour.

# SUR LE DÉVELOPPEMENT
# DES FORCES HUMAINES

Plus un corps a d'organes pour la réception, le développement et la propagation d'influences diverses, plus certainement son existence est riche et parfaite, parce qu'il a plus de potentiel vital.

Mais plusieurs forces peuvent dormir en nous pour lesquelles nous n'avons point d'organes, et qui par conséquent ne peuvent pas agir.

Ces forces latentes peuvent être éveillées, c'est-à-dire, que nous pouvons nous organiser nous-mêmes pour qu'elles deviennent actives en nous.

L'organe est une forme dans laquelle une force agit ; mais toute forme consiste dans la direction déterminée des parties vers la force agissante.

S'organiser pour l'action d'une force veut dire simplement, donner aux parties une telle forme ou situation, afin que la force puisse y agir. C'est en cela que consiste l'organisation.

Maintenant, de même que pour un homme qui n'a point d'organes, point d'yeux pour la lumière, la lumière n'existe réellement pas, lorsque cependant tous ceux qui ont cet organe en jouissent ; ainsi, beaucoup d'hommes peuvent ne pas jouir de quelque chose dont d'autres peuvent jouir. Je veux dire qu'un homme pourrait être organisé de telle sorte qu'il sentirait, entendrait, verrait, goûterait des choses qu'un autre ne pourrait sentir, ni entendre, ni voir, ni goûter, parce que l'organe lui manquerait.

Ainsi, dans ce cas, toutes les explications seraient infructueuses ; car l'un mêlerait toujours les idées qu'il aurait reçues par son organe particulier avec les idées de l'autre, et il ne pourrait goûter et comprendre quelque chose qu'autant que cela s'approcherait de ses propres sensations.

Comme nous recevons toutes nos idées par les sens, et que toutes les opérations de notre raison sont des abstractions d'impressions sensibles, ainsi nous ne pouvons nous faire aucune idée de beaucoup de choses, parce que nous n'avons point encore de sensations de ces choses. Cela seul pour lequel nous avons un organe, nous devient perceptible.

De là, il paraît être démontré que les hommes organisés pour le développement des forces supérieures, ne peuvent donner à ceux qui ne sont pas organisés pour cela, aucune idée, sinon très vague, de la vérité supérieure.

Ainsi, toutes nos disputes et nos écrits servent peu. Les hommes doivent d'abord être organisés pour la perception de la vérité.

Quand nous écririons des *in-folio* tout entiers sur la lumière, des aveugles n'en verraient pas plus clair. On doit leur donner d'abord l'organe de la vision.

Maintenant, la question est : En quoi consiste l'organe de perception de la vérité ? Qu'est-ce qui rend l'homme capable de la recevoir ?

Je réponds : Dans la *simplicité du cœur* ; car la simplicité met le cœur dans une situation convenable pour recevoir purement le rayon de la raison et celui-ci organise le cœur pour la réception de la Lumière.

## PREMIÈRE LETTRE

Aucun siècle n'est plus remarquable pour l'observateur paisible que le nôtre. Partout il y a fermentation dans l'esprit comme dans le cœur de l'homme ; partout il y a combat de la lumière avec les ténèbres, des idées mortes avec les idées vivantes, de la volonté morte et sans puissance avec la force vivante et active ; partout enfin il y a guerre entre l'homme animal et l'homme spirituel naissant. Homme naturel !... renonce à tes dernières forces, ton combat même annonce la nature supérieure qui sommeille en toi... Tu pressens ta dignité, tu la sens même ; mais tout est encore obscur autour de toi, et la lampe de ta faible raison n'est pas suffisante pour éclairer les objets auxquels tu devrais tendre.

On dit que nous vivons dans le siècle des lumières, il serait plus juste de dire que nous vivons dans le siècle du crépuscule : çà et là, le rayon lumineux pénètre à travers la nuée des ténèbres, mais il n'éclaire pas encore, dans toute sa pureté, notre raison et notre cœur. Les hommes ne sont pas d'accord sur leurs conceptions ; les savants se disputent ; et, là où il y a dispute, il n'y a pas encore de vérité.

Les objets les plus importants pour l'humanité sont encore indéterminés. On n'est d'accord ni sur le principe de la raison ni sur le principe de la moralité ou du mobile de la volonté. Ceci est une preuve que, malgré que nous soyons dans le grand temps des lumières, nous ne savons pas encore bien ce qu'il en est de notre tête et de notre cœur.

Il serait possible que nous sussions tout ceci plus tôt, si nous ne nous imaginions pas que nous avons déjà le flambeau de la connaissance dans nos mains, ou si nous pouvions jeter un regard sur notre faiblesse et reconnaître qu'il nous manque encore une lumière plus élevée.

Nous vivons dans les temps de l'idolâtrie de la raison ; nous posons un flambeau de poix sur l'autel, et nous crions hautement que maintenant c'est l'aurore et que partout le jour apparaît réellement, en ce que le monde s'élève de plus en plus de l'obscurité à la lumière et à la perfection par les arts, les sciences, un goût cultivé, et même par une pure compréhension de la religion.

Pauvres hommes ! jusqu'où l'avez-vous poussé, le bonheur des hommes ? Y a-t-il jamais eu un siècle qui ait coûté tant de victimes à l'humanité que le siècle présent ? Y a-t-il jamais eu un siècle où l'immoralité ait été plus grande et où l'égoïsme ait été plus dominant que dans celui-ci? L'arbre se reconnaît à ses fruits.

Gens insensés!… Avec votre raison naturelle imaginaire… d'où avez-vous la lumière avec laquelle vous voulez si bien éclairer les autres? Est-ce que toutes vos idées ne sont pas empruntées des sens, qui ne vous donnent point la vérité, mais seulement des phénomènes?

Est-ce que tout ce que donne la connaissance dans le temps et l'espace n'est pas relatif? Est-ce que tout ce que nous pouvons nommer vérité n'est pas vérité relative?… On ne peut pas trouver la vérité absolue dans la sphère des phénomènes.

Ainsi, votre raison naturelle ne possède pas *l'essentialité*, mais seulement l'apparence de la vérité et de la lumière; mais plus cette apparence s'accroît et se répand, plus *l'essence de la lumière* décroît dans l'intérieur, et l'homme se perd dans l'apparence et tâtonne pour atteindre des images éblouissantes dénuées de réalité.

La philosophie de notre siècle élève la faible raison naturelle à l'objectivité indépendante; elle lui attribue même une puissance législatrice; elle la soustrait à une autorité supérieure; elle la rend autonome et la divinise, en supprimant entre Dieu et elle tout rapport, toute communication; et cette raison déifiée, qui n'a pas d'autre loi que sa propre loi, doit gouverner les hommes et les rendre heureux!… Les ténèbres doivent répandre la lumière!… La pauvreté doit donner la richesse!… Et la mort doit rendre vivant!

La vérité conduit les hommes à leur bonheur… Pouvez-vous la donner?

Ce que vous nommez vérité est une forme de conception vide de substance, dont la connaissance a été acquise par le dehors, par les sens; et l'entendement les coordonne par une synthèse des rapports observés en science ou en opinions. — Vous n'avez point de vérité matérielle, le principe spirituel et matériel est pour vous un *noumène*.

Vous abstrayez de l'Écriture et de la tradition la vérité morale, théorique et pratique; mais comme l'individualité est le principe de votre raison, et que l'égoïsme est le mobile de votre volonté, vous ne voyez pas votre lumière, la loi morale qui commande, ou vous la repoussez avec votre volonté. C'est jusque-là que les lumières actuelles ont été portées. L'individualité, sous le manteau de l'hypocrisie philosophique, est l'enfant de la corruption.

Qui peut prétendre que le soleil est au plein midi, si aucun rayon lumineux ne réjouit la contrée, et si aucune chaleur ne vivifie les plantes? Si la sagesse n'améliore pas les hommes, et si l'amour ne les rend pas plus heureux, il ne s'est encore fait que bien peu de chose pour le tout.

Oh! si seulement l'homme naturel ou l'homme des sens pouvait apprendre à voir que le principe de sa raison et le mobile de sa volonté ne sont que l'individualité, et que pour cela même qu'il doit être extrêmement misérable, il chercherait un principe plus élevé dans son intérieur, et il s'approcherait de la source, qui peut seule le donner à tous, parce qu'elle est la *sagesse dans l'essence.*

Jésus-Christ est la Sagesse, la Vérité et l'Amour. Comme Sagesse, il est le principe de la raison, la source de la connaissance la plus pure. Comme Amour, il est le principe de la moralité, le mobile essentiel et pur de la volonté.

L'Amour et la Sagesse engendrent l'Esprit de Vérité, la lumière intérieure ; cette lumière éclaire en nous les objets surnaturels et nous les rend objectifs. Il est inconcevable de voir à quel point l'homme tombe dans l'erreur lorsqu'il abandonne les vérités simples de la foi, et qu'il leur oppose sa propre opinion.

Notre siècle cherche à définir cérébralement le principe de la raison et de la moralité ou du mobile de la volonté ; si messieurs les savants étaient attentifs, ils verraient que ces choses trouveraient une meilleure réponse dans le cœur de l'homme le plus simple que dans tous leurs brillants raisonnements.

Le chrétien pratique trouve ce mobile de la volonté, le principe de toute moralité, objectivement et réellement dans son cœur, et ce mobile s'exprime dans la formule suivante :

*Aime Dieu par-dessus tout, et ton prochain comme toi-même.*

L'amour de Dieu et du prochain est le mobile de la volonté du chrétien ; et l'essence de l'amour même est Jésus-Christ en nous.

C'est ainsi que le principe de la raison est la sagesse en nous ; et l'essence de la sagesse, la sagesse dans la substance, est encore Jésus-Christ, la Lumière du monde. Ainsi, nous trouvons en Lui le principe de la raison et de la moralité.

Tout ce que je dis ici n'est pas une extravagance hyperphysique, c'est la réalité, la vérité absolue, que chacun peut éprouver expérimentalement dès qu'il reçoit en lui le principe de la raison et de la moralité, Jésus-Christ, comme étant la Sagesse et l'Amour essentiels.

Mais l'œil de l'homme des sens est profondément inapte à saisir la base absolue de tout ce qui est vrai et de tout ce qui est transcendantal. Et même la raison que nous voulons élever aujourd'hui sur le trône comme législatrice, n'est que la raison des sens, dont la lumière diffère de la lumière transcendantale, comme la phosphorescence du bois pourri diffère de la splendeur du soleil.

La vérité absolue n'existe pas pour l'homme des sens, elle n'existe que pour l'homme intérieur et spirituel seul, qui possède un *sensorium* propre ; ou, pour dire plus ponctuellement, qui possède un sens intérieur pour percevoir la vérité absolue du monde transcendantal ; un sens spirituel qui perçoit les objets spirituels aussi naturellement en objectivité, que le sens extérieur perçoit les objets extérieurs.

Ce sens intérieur de l'homme spirituel, ce *sensorium* d'un monde métaphysique, n'est malheureusement pas encore connu de ceux qui sont dehors, et c'est un mystère du royaume de Dieu.

L'incrédulité actuelle pour toutes les choses où notre raison des sens ne trouve point d'objectivité sensible, est la cause qui fait méconnaître les vérités les plus importantes pour les hommes.

Mais comment peut-il en être autrement ? Pour voir, il faut avoir des yeux ; pour entendre, des oreilles. Tout objet sensible requiert son sens. C'est ainsi que l'objet transcendantal requiert aussi son *sensorium*, — et ce même *sensorium* est fermé pour la plupart des hommes. De là l'homme des sens juge du monde métaphysique comme l'aveugle juge des couleurs, et comme le sourd juge du son.

Il y a un principe objectif et substantiel de la raison et un mobile objectif et substantiel de la volonté. Ces deux ensemble forment le nouveau principe de la vie, et la moralité y est essentiellement inhérente. Cette substance pure de la raison et de la volonté réunies est le divin et l'humain en nous, Jésus-Christ, la Lumière du monde, qui doit entrer en relation directe avec nous pour être réellement connu.

Cette connaissance réelle est la foi vive, où tout se passe en esprit et en vérité.

Ainsi, il doit y avoir nécessairement pour cette communication un *sensorium* organisé et spirituel, un organe spirituel et intérieur susceptible de recevoir cette lumière, mais qui est fermé dans la plupart des hommes par l'écorce des sens.

Cet organe intérieur est le sens intuitif du monde transcendantal ; et, avant que ce sens d'intuition soit ouvert en nous, nous ne pouvons avoir aucune certitude objective de vérité plus élevée. Cet organe a été fermé par suite de la chute, qui a jeté l'homme dans le monde des sens. La matière grossière qui enveloppe ce *sensorium* intérieur est une taie qui couvre l'œil intérieur et qui rend l'œil extérieur inapte à la vision du monde spirituel. Cette même matière assourdit notre ouïe intérieure, de manière que nous n'entendons plus les sons du monde métaphysique ; elle paralyse notre langue intérieure, de manière que nous ne pouvons plus même bégayer les paroles de force de l'esprit que nous prononcions autrefois, et par lesquelles nous commandions à la nature extérieure et aux éléments.

L'ouverture de ce *sensorium* spirituel, est le mystère du Nouvel Homme, le mystère de la Régénération et de l'union la plus intime ; de l'homme avec Dieu ;

c'est le but le plus élevé de la religion ici-bas, de cette religion dont la destination la plus sublime est d'unir les hommes à Dieu en Esprit et en Vérité.

Nous pouvons facilement apercevoir par ceci pourquoi la religion tend toujours à l'assujettissement de l'homme des sens. Elle agit ainsi, parce qu'elle veut rendre l'homme spirituel dominant, afin que l'homme spirituel ou vraiment raisonnable gouverne l'homme des sens. Le philosophe sent aussi cette vérité; seulement son erreur consiste en ce qu'il ne connaît pas le vrai principe de la raison, et veut mettre à sa place son individualité, sa raison des sens.

Comme l'homme a dans son intérieur un organe spirituel et un *sensorium* pour recevoir le principe réel de la raison ou la Sagesse divine, et le mobile réel de la volonté, ou l'Amour divin, il a de même dans l'extérieur un *sensorium* physique et matériel pour recevoir *l'apparence* de la lumière et de la vérité. Comme la nature extérieure n'a point la vérité absolue, mais seulement la vérité relative du monde phénoménal, ainsi la raison humaine ne peut pas non plus acquérir de vérités intelligibles, mais seulement l'apparence du phénomène qui n'excite en elle, pour mobile de sa volonté que la concupiscence, en quoi consiste la corruption de l'homme sensoriel et la dégradation de la nature.

Le *sensorium* externe de l'homme est composé d'une matière corruptible, tandis que le *sensorium* intérieur a pour substrat fondamental une substance incorruptible, transcendantale et métaphysique.

Le premier est cause de notre dépravation et de notre mortalité; le second est le principe de notre incorruptibilité et de notre immortalité.

Dans les domaines de la nature matérielle et corruptible, la mortalité masque l'immortalité, et la cause de notre état misérable est la matière corruptible et périssable. Pour que l'homme soit délivré de cette détresse, il est nécessaire que le principe immortel et incorruptible intériorisé en lui s'extériorise et absorbe le principe corruptible, afin que l'enveloppe des sens soit détruite et que l'homme puisse apparaître dans sa pureté originelle.

Cette enveloppe de la nature sensible est une substance essentiellement corruptible, qui se trouve dans notre sang, forme les liens de la chair et asservit notre esprit immortel à cette chair mortelle.

Il est possible de déchirer plus ou moins cette enveloppe dans chaque homme et, par suite, de procurer à son esprit une plus grande liberté pour qu'il arrive à une connaissance plus précise du monde transcendantal.

Il y a trois degrés successifs de l'ouverture de notre *sensorium* spirituel.

Le premier ne nous élève que jusqu'au plan moral et le monde transcendantal y opère en nous par des impulsions intérieures, appelées inspirations.

Le second degré, plus élevé, ouvre notre *sensorium* pour la réception du spirituel et de l'intellectuel, et le monde métaphysique œuvre en nous par illuminations intérieures.

Le troisième et plus haut degré — le plus rarement atteint — ouvre l'homme intérieur tout entier. Il nous révèle le Royaume de l'Esprit et nous rend susceptibles d'expérimenter objectivement les réalités métaphysiques et transcendantales ; de là, toutes visions sont expliquées fondamentalement.

Ainsi, nous avons dans l'intérieur le sens et l'objectivité, comme dans l'extérieur. Seulement les objets et les sens sont différents. Dans l'extérieur, il y a le mobile animal et sensuel qui agit sur nous, et la matière corruptible des sens subit l'action.

Dans l'intérieur, c'est la substance indivisible et métaphysique qui s'introduit en nous, et l'être incorruptible et immortel de notre esprit reçoit ses influences. Mais, en général, dans l'intérieur, les choses se passent aussi naturellement que dans l'extérieur ; la loi est partout la même.

Ainsi, comme l'esprit ou notre homme intérieur a un tout autre sens et une autre objectivité que l'homme naturel on ne doit nullement s'étonner qu'il reste une énigme pour les savants de notre siècle qui ne connaissent pas ce sens, et qui n'ont jamais eu la perception objective du monde transcendantal et spirituel. De là, ils mesurent le surnaturel avec la mesure des sens, confondent la matière corruptible avec la substance incorruptible, et leurs jugements sont nécessairement faux sur un objet pour la perception duquel ils n'ont ni sens ni objectivité et, par suite, ni vérité relative, ni vérité absolue. Pour ce qui regarde les vérités que nous énonçons ici, nous avons infiniment d'obligation à la philosophie de Kant.

Kant a incontestablement prouvé que la raison, dans son état naturel, ne sait absolument rien du surnaturel, du spirituel et du transcendantal, et qu'elle ne peut rien connaître, ni analytiquement, ni synthétiquement, et qu'ainsi elle ne peut prouver ni la Possibilité, ni la réalité des esprits, des âmes et de Dieu.

Ceci est une vérité grande, élevée et bienfaisante pour nos temps ; il est vrai que saint Paul l'a déjà établie, (première épître aux Corinthiens, chap. I, v. 2-24) ; mais la philosophie païenne des savants chrétiens a su l'ignorer jusqu'à Kant.

Le bienfait de cette vérité est double. D'abord, elle met des bornes insurmontables au sentiment, au fanatisme et à l'extravagance de la raison charnelle.

Ensuite elle met, dans la lumière la plus éclatante, la nécessité et la divinité de la Révélation. Ce qui prouve que notre raison humaine, dans son état obtus, n'a aucune source objective pour le surnaturel sans la révélation ; aucune source pour s'y instruire de Dieu, du monde spirituel, de l'âme et de son immortalité ; d'où il suit qu'il serait absolument impossible sans révélation, de rien savoir et de rien conjecturer sur ces choses.

Ainsi, nous sommes redevables à Kant d'avoir prouvé de nos jours aux philosophes, comme cela l'était depuis longtemps dans une école plus élevée de la communauté de la lumière, que, *sans Révélation, aucune connaissance de Dieu, ni aucune doctrine sur l'âme n'étaient possibles.*

Par où il est clair qu'une Révélation universelle doit servir de base fondamentale à toutes les religions dans le monde.

Ainsi, d'après Kant, il est prouvé que le monde intelligible est entièrement inaccessible à la raison naturelle, et que Dieu habite une lumière dans laquelle aucune spéculation de la raison bornée ne peut pénétrer.

Ainsi, l'homme des sens ou l'homme naturel n'a aucune objectivité du transcendantal ; de là, la révélation de vérités plus élevées lui était nécessaire, et pour cela même aussi, la foi à la révélation, parce que la foi lui donne les moyens d'ouvrir son *sensorium* intérieur, par lequel les vérités inaccessibles à l'homme naturel lui peuvent devenir perceptibles.

Il est tout à fait juste qu'avec de nouveaux sens nous puissions acquérir de nouvelles réalités. Ces réalités existent déjà, mais nous ne les remarquons point, parce qu'il nous manque l'organe de la réceptivité.

C'est ainsi que la couleur est là, bien que l'aveugle ne la voie point ; c'est ainsi qu'existe le son, bien que le sourd ne l'entende point. On ne doit pas chercher la faute dans l'objet perceptible, mais dans l'organe réceptif.

Avec le développement d'un nouvel organe, nous avons une nouvelle perception, de nouvelles objectivités. Le monde spirituel n'existe pas pour nous, parce que l'organe qui le rend objectif en nous n'est pas développé.

Avec le développement de ce nouvel organe, le rideau est levé tout d'un coup ; le voile impénétrable jusqu'alors est déchiré, la nuée devant le sanctuaire est dissipée, un Nouveau Monde existe tout d'un coup pour nous ; les taies tombent des yeux, et nous sommes aussitôt transportés de la région des phénomènes dans celle de la vérité.

Dieu seul est *substance,* vérité absolue, lui seul est celui qui Est, et nous sommes ce qu'il nous a fait.

Pour Lui, tout existe dans l'unité ; pour nous, tout existe dans la multiplicité.

Beaucoup d'hommes n'ont aucune idée de cette ouverture du *sensorium* intérieur, pas plus qu'ils n'en ont pour *l'objet* vrai et intérieur de la *vie de l'esprit,* qu'ils ne connaissent ni ne pressentent en aucune manière.

De là, il leur est impossible de savoir qu'on peut saisir le spirituel et le transcendantal, et qu'on peut être élevé au surnaturel jusqu'à la vision.

La véritable édification du temple consiste uniquement à détruire la misérable chaumière adamique, et à bâtir le temple de la divinité ; c'est, en d'autres termes, développer en nous le *sensorium* intérieur ou l'organe qui reçoit Dieu ; après ce développement, le principe métaphysique et incorruptible règne sur le principe terrestre, et l'homme commence à vivre, non plus dans le principe de l'amour-propre, mais dans l'Esprit et dans la Vérité dont il est le Temple.

La loi morale passe alors en amour du prochain et en fait, tandis qu'elle n'est pour l'homme naturel, extérieur, des sens, qu'une simple forme de la pensée ; et l'homme spirituel, régénéré dans l'esprit, voit tout dans l'être, duquel l'homme naturel n'a que les formes vides de la pensée, le son vide, les symboles et la lettre, qui toutes sont des images mortes, sans l'esprit intérieur.

Le but le plus élevé de la religion, c'est l'union la plus intime de l'homme avec Dieu, et cette union est, même ici-bas, déjà possible ; mais elle ne l'est que par l'ouverture de notre *sensorium* intérieur et spirituel qui rend notre cœur suscep-tible de recevoir Dieu.

Ce sont là de grands mystères dont notre philosophie ne se doute pas, et dont la clé ne peut pas se trouver chez les savants de l'école.

En attendant, une école plus élevée a toujours existé, à laquelle ce dépôt de toute science a été confié, et cette école était la communauté intérieure et lumi-neuse du Seigneur, la société des Élus qui s'est propagée sans interruption depuis le premier jour de la création jusqu'au temps présent ; ses membres, il est vrai, sont dispersés dans le monde, mais ils ont toujours été unis par un esprit et une vérité, et. n'ont jamais eu qu'une connaissance, qu'une source de la vérité, qu'un seigneur, qu'un docteur et qu'un maître en qui réside substantiellement la pléni-tude universelle de Dieu, et qui les initia lui seul aux mystères élevés de la Nature et du Monde spirituel.

Cette communauté de la lumière fut appelée de tout temps l'Église invisible et intérieure, ou la communauté la plus ancienne, de laquelle nous vous parle-rons plus au long dans la prochaine lettre.

# DEUXIÈME LETTRE

Il est nécessaire, mes frères bien-aimés dans le Seigneur, de vous donner une idée pure de l'Église intérieure, de cette *Communauté lumineuse de Dieu* qui est dispersée à travers le monde; mais qui est gouvernée par une vérité et unie par un esprit.

Cette communauté de la lumière existe depuis le premier jour de la création du monde, et sa durée sera jusqu'au dernier jour des temps.

Elle est la société des élus qui connaissent la lumière dans les ténèbres, et la séparent dans ce qu'elle a de propre.

Cette communauté de la lumière possède une École dans laquelle l'Esprit de Sagesse instruit lui-même ceux qui ont soif de la lumière; et tous les mystères de Dieu et de la nature sont conservés dans cette école pour les enfants de la lumière. La connaissance parfaite de Dieu, de la nature et de l'humanité, sont les objets de l'enseignement de cette école. C'est d'elle que toutes les vérités viennent dans le monde; elle était l'école des prophètes et de tous ceux qui cherchent la sagesse; et il n'y a que dans cette seule communauté qu'on trouve la vérité et l'explication de tous les mystères. Elle est la communauté la plus intérieure et possède des membres de divers mondes; voici les idées qu'on doit avoir d'elle. De tout temps, l'extérieur avait pour base un intérieur duquel l'extérieur n'était que l'expression et le plan.

C'est ainsi que, de tout temps, il y a eu une assemblée intérieure, la société des élus, la société de ceux qui avaient le plus de capacité pour la lumière et qui la cherchent; et cette société intérieure était appelée le sanctuaire intérieur ou l'Église intérieure.

Tout ce que l'Église extérieure possède en symboles, cérémonies et rites, est la lettre dont l'esprit et la vérité sont dans l'Église intérieure.

Ainsi, l'Église intérieure est une société dont les membres sont dispersés dans le monde entier, mais qu'un esprit d'amour et de vérité lie dans l'intérieur, et qui de tout temps fut occupée à bâtir le grand temple pour la régénération de l'humanité, par laquelle le règne de Dieu sera manifesté. Cette société réside dans la communion de ceux qui ont le plus de réceptivité pour la lumière, ou des élus.

Ces élus sont liés par l'esprit et la vérité, et leur chef est la Lumière du Monde même; Jésus-Christ, l'oint de la lumière, le médiateur unique de l'espèce humaine, la Voie, la Vérité et la Vie ; la lumière primitive, la sagesse, l'unique *medium* ! par lequel les hommes peuvent revenir à Dieu.

L'Église intérieure naquit tout de suite après la chute de l'homme, et reçut de Dieu immédiatement la révélation des moyens par lesquels l'espèce humaine tombée sera réintégrée en sa dignité, et délivrée de sa misère. Elle reçut le dépôt primitif de toutes les révélations et mystères ; elle reçut la clef de la vraie science, aussi bien divine que naturelle.

Mais lorsque les hommes se multiplièrent, la fragilité de l'homme et sa faiblesse rendirent nécessaire une société extérieure qui tînt cachée la société intérieure, et qui couvrît l'esprit et la vérité par la lettre. Car, comme la collectivité, la foule, le peuple n'étaient pas capables de comprendre les grands mystères intérieurs, et que le danger aurait été trop grand de confier le plus saint aux incapables, on enveloppa les vérités intérieures dans des cérémonies extérieures et sensibles, pour que l'homme, par le sensible et l'extérieur qui est le symbole de l'intérieur, soit peu à peu rendu capable d'approcher davantage des vérités internes de l'esprit.

Mais l'intérieur a toujours été confié à celui qui, de son temps, avait le plus de réceptivité pour la lumière ; et celui-là seul était le possesseur du dépôt primitif comme grand-prêtre dans le sanctuaire.

Lorsqu'il devint nécessaire que les vérités intérieures fussent enveloppées dans des cérémonies extérieures et symboliques, à cause de la faiblesse des hommes qui n'étaient pas capables de supporter la vue de la lumière, le culte extérieur naquit ; mais il était toujours le type et le symbole de l'intérieur, c'est-à-dire le symbole du vrai hommage rendu à Dieu *en esprit* et *en vérité*.

La différence entre l'homme spirituel et l'homme animal, ou entre l'homme raisonnable et l'homme des sens, rend nécessaires l'extérieur et l'intérieur. Les vérités internes et spirituelles passèrent dans l'extérieur enveloppées dans des symboles et des cérémonies, pour que l'homme animal ou des sens puisse être rendu attentif et conduit peu à peu aux vérités intérieures.

Donc, le culte extérieur était une représentation symbolique des vérités intérieures, des vrais rapports de l'homme avec Dieu avant et après la chute, dans l'état de sa dignité, de sa réconciliation et de sa réconciliation la plus parfaite. Tous les symboles du culte extérieur sont bâtis sur ces trois rapports fondamentaux.

Le soin du culte extérieur était l'occupation des prêtres, et chaque père de famille était, dans les premiers temps, chargé de cet office. Les prémices des fruits et les premiers-nés des animaux étaient offerts à Dieu ; les premiers, comme symbole que tout ce qui nous nourrit et nous conserve vient de lui ; et les seconds comme symbole que l'homme animal doit être tué pour faire place à l'homme spirituel et raisonnable.

L'adoration extérieure de Dieu n'aurait jamais dû se séparer de l'adoration intérieure ; mais comme la faiblesse de l'homme le porte si facilement à oublier l'esprit pour s'attacher à la lettre, l'Esprit de Dieu éveilla toujours, chez toutes les nations, ceux qui avaient le plus d'aptitudes pour la lumière, et se servit d'eux comme d'agents pour allumer partout la vérité et la lumière, selon la capacité des hommes, afin de vivifier la lettre morte par l'esprit et la vérité.

Par ces instruments divins, les vérités intérieures du sanctuaire étaient portées parmi les nations les plus éloignées, et modifiées symboliquement d'après leurs usages, leur capacité de culture, leur climat, et leur réceptivité. De manière que les types extérieurs de toutes les religions, leurs cultes, leurs cérémonies et leurs livres saints en général, ont plus ou moins clairement pour objet les vérités intérieures du sanctuaire par lesquelles l'humanité sera conduite, seulement dans les derniers temps, à l'universalité de la connaissance d'une vérité unique.

Plus le culte extérieur d'un peuple resta uni avec l'esprit des vérités intérieures, plus sa religion fut pure ; mais plus la lettre symbolique se sépara de l'esprit intérieur, plus la religion devint imparfaite, jusqu'à dégénérer chez quelques-uns en polythéisme, lorsque la lettre extérieure perdit entièrement son esprit intérieur et qu'il ne resta plus que le cérémonial extérieur sans âme et sans vie.

Lorsque les germes des vérités les plus importantes eurent été portés chez tous les peuples par les agents de Dieu, Dieu choisit un peuple déterminé pour élever un symbole vivant destiné à montrer comment il voulait gouverner toute l'espèce humaine dans son état actuel, et la porter à sa plus haute purification et perfection.

Dieu lui-même donna à ce peuple sa législation extérieure religieuse ; et, pour signe de sa vérité, il lui remit tous les symboles et toutes les cérémonies qui portaient l'empreinte des vérités intérieures et grandioses du sanctuaire.

Dieu consacra cette Église extérieure dans Abraham, lui donna des commandements par Moïse, et lui assura sa plus haute perfection par le double envoi de Jésus-Christ d'abord existant personnellement dans la pauvreté et dans la souffrance, puis par la communication de son esprit dans la gloire du ressuscité.

Maintenant, comme Dieu posa lui-même le fondement de l'Église extérieure, la totalité des symboles du culte extérieur forma la science du temple ou des prêtres de ces temps, et tous les mystères des vérités les plus saintes et intérieures devinrent extérieures par la révélation.

La connaissance scientifique de cette symbolique sainte, était la science de relier à Dieu l'homme tombé, et de là la religion reçut son nom comme étant la doctrine rattachant l'homme, séparé et éloigné de Dieu, à Dieu qui est son origine.

On voit facilement par cette idée pure du mot religion en général, que l'unité de la religion est dans le Sanctuaire le plus intérieur, et que la multiplicité des religions extérieures ne peut jamais changer ni affaiblir cette unité qui est la base de tout extérieur.

La sagesse du temple de l'Ancienne Alliance était gouvernée par les prêtres et par les prophètes.

L'extérieur, la lettre du symbole, de l'hiéroglyphe, était confié aux prêtres.

Les prophètes avaient soin de l'intérieur de l'esprit et de la vérité, et leur fonction était de ramener toujours les prêtres de la lettre à l'esprit, lorsqu'il leur arrivait d'oublier l'esprit et de ne se tenir que dans la lettre.

La science des prêtres était la science de la connaissance des symboles extérieurs.

La science des prophètes était la science et la possession pratique de l'esprit et de la vérité de ces symboles. Dans l'extérieur était la lettre ; dans l'intérieur, l'esprit vivifiant.

Ainsi, il y avait dans l'Ancienne Alliance une école des prêtres et une école des prophètes.

Celle-là s'occupait des emblèmes, et ceux-ci des vérités qui étaient comprises sous les emblèmes. Les prêtres étaient en possession extérieure de l'Arche, des pains de proposition, du chandelier, de la manne, de la verge d'Aaron, et les prophètes étaient en possession des vérités intérieures et spirituelles qui étaient représentées extérieurement par les symboles dont il vient d'être parlé.

L'Église extérieure de l'Ancienne Alliance était visible ; l'Église intérieure était toujours invisible, devait être invisible, et cependant gouvernait tout, parce que la force et la puissance étaient confiées à elle seule.

Quand le culte extérieur abandonnait l'intérieur, il tombait, et Dieu donnait à constater par une suite des circonstances les plus remarquables que la lettre ne peut pas subsister sans l'esprit ; qu'elle n'est là que pour conduire à l'esprit et qu'elle est inutile et rejetée même de Dieu, si elle abandonne sa destination.

Comme l'esprit de la nature se répand dans les profondeurs les plus stériles pour vivifier, pour conserver, et pour donner la croissance à tout ce qui en est susceptible, c'est ainsi que l'esprit de la lumière se répand dans l'intérieur parmi toutes les nations, pour animer partout la lettre morte par l'esprit vivant.

C'est ainsi que nous trouvons un Job parmi les idolâtres, un Melchisedeq chez les nations étrangères, un Joseph chez les prêtres égyptiens, et Moïse dans le pays de Madian, comme preuve parlante que la communauté intérieure de ceux qui sont capables de recevoir la lumière, était unie par un esprit et une vérité dans tous les temps et chez toutes les nations.

A tous ces agents de lumière de la communauté intérieure et unique, s'unit le plus important de tous les agents, Jésus-Christ lui-même, dans le milieu du temps comme un roi-prêtre, selon l'ordre de Melchisedeq.

Les agents divins de l'Ancienne Alliance ne représentèrent que des perfections particulières de Dieu ; dans l'enveloppe ou le milieu du temps, une action puissante devait se produire, qui montrât tout d'un coup tout en un. Un type universel apparut, donnant aux traits actuels du tableau la pleine unité, ouvrant une nouvelle porte, et détruisant le nombre de l'esclavage humain, la loi d'amour commença lorsque l'image émanée de la Sagesse même montra à l'homme toute la grandeur de son être, le revivifia de toutes les forces, lui assura son immortalité et éleva son être intellectuel pour être le vrai temple de l'Esprit.

Cet agent le plus grand de tous, ce Sauveur du monde et ce régénérateur universel fixa toute son attention sur cette vérité primitive, par laquelle l'homme peut conserver son existence et recouvrer la dignité qu'il possédait. Dans l'état de son abaissement, il posa la base de la rédemption des hommes et promit de l'accomplir parfaitement un jour par son Esprit. Il a aussi montré véritablement en petit, parmi ses apôtres tout ce qui devait se passer un jour avec ses élus.

Il continua la chaîne de la communauté intérieure de la lumière parmi ses élus, auxquels il envoyait l'Esprit de Vérité, et leur confia le dépôt primitif le plus élevé de toutes les vérités divines et naturelles, en signe qu'ils n'abandonneraient jamais sa communauté intérieure.

Lorsque la lettre et le culte symbolique de l'Église extérieure de l'Ancienne Alliance, eurent passé en vérité par l'incarnation du Sauveur et qu'ils se furent vérifiés dans sa personne, de nouveaux symboles devinrent nécessaires pour l'extérieur, qui nous montrèrent selon la lettre l'accomplissement futur ou intégral de la rédemption.

Les symboles et les rites de l'Église extérieure chrétienne furent disposés d'après ces vérités invariables et fondamentales, et annoncèrent des choses d'une force et d'une importance qui ne peuvent se décrire, et qui n'étaient révélées qu'à ceux qui connaissaient le sanctuaire le plus intérieur.

Ce sanctuaire intérieur resta toujours invariable, quoique l'extérieur de la religion, la lettre, reçût par le temps et les circonstances différentes modifications, et s'éloignât des vérités intérieures, qui seules peuvent conserver l'extérieur ou la lettre.

La pensée profane de vouloir séculariser tout ce qui est chrétien, et de vouloir christianiser tout ce qui est politique, changea l'édifice extérieur, et couvrit avec les ténèbres et la mort ce qui était dans l'intérieur, la lumière et la vie. De là naquirent des divisions et des hérésies : et l'esprit sophistique, voulait expliquer la lettre lorsqu'il avait déjà perdu l'esprit de vérité.

L'incrédulité porta la corruption au degré le plus élevé ; on chercha même à attaquer l'édifice du christianisme dans ses premières bases, confondant l'intérieur saint avec l'extérieur, qui était assujetti aux faiblesses et à l'ignorance des hommes fragiles.

Ainsi naquit le déisme ; celui-ci engendra le matérialisme qui regarda comme une imagination toute union de l'homme avec des forces supérieures ; et enfin naquit, en partie par l'entendement, en partie par le cœur, l'athéisme, dernier degré d'abaissement de l'homme.

Au milieu de tout cela, la vérité resta toujours inébranlable dans l'intérieur du sanctuaire.

Fidèles à l'Esprit de vérité qui promit de ne jamais abandonner sa communauté, les membres de l'Église intérieure vécurent en silence et en activité réelle, et unirent la science du temple de l'Ancienne Alliance avec l'esprit du grand Sauveur des hommes, l'esprit de l'alliance intérieure ; attendant humblement le grand moment où le Seigneur les appellera et assemblera sa communauté pour donner à toute lettre morte la force extérieure et la vie.

Cette communauté intérieure de la lumière est la réunion de tous ceux qui sont capables de recevoir la lumière des élus, et est connue sous le nom de *communion des saints*. Le dépôt primitif de toutes les forces et de toutes les vérités a été confié de tout temps à cette communauté de la lumière ; elle seule, comme dit saint Paul, était en possession de la science des Saints. Par elle les agents de Dieu furent formés dans chaque époque, passèrent de l'intérieur à l'extérieur, et communiquèrent l'esprit et la vie à la lettre morte, comme nous l'avons déjà dit.

Cette communauté de la lumière a été de tout temps la vraie école de l'Esprit de Dieu ; et, considérée comme école, elle a sa Chaire, son Docteur ; elle possède un Livre dans lequel ses disciples étudient, des formes et des objets qu'ils étudient, et enfin une méthode d'après laquelle ils étudient.

Elle a aussi ses degrés d'après lesquels l'esprit peut se développer successivement et s'élever toujours davantage.

Le premier degré, et le plus bas, consiste dans le bien moral par lequel la volonté simple, subordonnée à Dieu, est conduite au bien par le mobile pur de la volonté, c'est-à-dire Jésus-Christ, qu'elle a reçu par la foi. Les moyens dont l'esprit de cette école se sert sont appelés inspirations.

Le second degré consiste dans l'assentiment intellectuel, par lequel l'entendement de l'homme de bien, qui est uni avec Dieu, est couronné avec la sagesse et la lumière de la connaissance ; et les moyens, dont l'esprit se sert pour ce degré, sont appelés des illuminations intérieures.

Le troisième degré enfin, et le plus élevé, est l'ouverture entière de notre *sensorium* interne, par lequel l'homme intérieur arrive à la vision objective des vérités métaphysiques et réelles. Celui-ci est le degré le plus élevé dans lequel la foi se résout en visions claires, et les moyens dont l'esprit se sert pour cela sont les visions réelles.

Voilà les trois degrés de la vraie école de sagesse intérieure, de la communauté intérieure de la lumière. Le même esprit qui mûrit les hommes pour cette communauté distribue aussi ses degrés par la coaction du sujet mûri.

Cette école de la sagesse a été de tout temps l'école la plus secrète et la plus cachée du monde, car elle était invisible et soumise au seul gouvernement divin.

Elle n'a jamais été exposée aux accidents du temps et aux faiblesses des hommes. Car il n'y eut de tout temps que les plus capables qui furent choisis pour cela, et l'Esprit qui les choisissait ne pouvait pas errer.

Par cette école se développèrent les germes de toutes les sciences sublimes qui furent d'abord reçus par les écoles extérieures, et, là, revêtus d'autres formes voire parfois rendus difformes.

Cette société intérieure de sages communiqua, suivant le temps et les circonstances, aux sociétés extérieures, leur hiéroglyphie symbolique pour rendre l'homme extérieur attentif aux grandes vérités de l'intérieur.

Mais toutes les sociétés extérieures ne subsistent qu'autant que cette société intérieure leur communique son esprit. Aussitôt que les sociétés extérieures voulaient être indépendantes de la société intérieure, et transformer le temple de la sagesse en un édifice politique, la société intérieure se retirait, et il ne restait que la lettre sans l'esprit.

C'est ainsi que toutes les écoles extérieures secrètes de la sagesse ne furent que des voiles hiéroglyphiques, la vérité même restant toujours dans le sanctuaire pour qu'elle ne puisse jamais être profanée.

Dans cette société intérieure, l'homme trouve la sagesse, et tout avec elle ; non pas la sagesse du monde qui n'est qu'une connaissance scientifique, tournant autour de l'enveloppe extérieure sans toucher jamais au centre, où résident toutes les forces ; mais la vraie sagesse, ainsi que des hommes qui lui obéissent.

Toutes les disputes, toutes les controverses, tous les objets de la prudence fausse du monde, tous les idiomes étrangers, les vaines dissertations, les germes inutiles des opinions qui répandent la semence de la désunion, toutes les erreurs, les schismes et les systèmes en sont bannis. On ne trouve ici ni calomnies, ni médisances ; tout homme est honoré. La satire, l'esprit qui aime à se divertir au désavantage du prochain, y sont inconnus ; et l'on n'y connaît que l'amour.

La calomnie, ce monstre ! n'élève jamais, parmi les amis de la sagesse, sa tête de serpent ; les égards mutuels sont ici seuls connus ; ici on n'observe pas les fautes du prochain ; ici on ne fait pas de reproches amers sur les défauts. Charitablement, on conduit le voyageur sur le chemin de la vérité, on cherche à persuader, à toucher le cœur dans l'erreur, laissant la punition du péché à la clairvoyance du Maître de la Lumière. On soulage le besoin, on protège la faiblesse, on se réjouit de l'élévation et de la dignité que l'homme acquiert.

Le bonheur, qui est le don du hasard, n'élève personne au-dessus l'un de l'autre ; celui-là seul s'estime le plus heureux, auquel l'occasion se présente de faire du bien à son prochain ; et tous ces hommes, qu'un esprit d'amour et de vérité unit, forment l'Église invisible, la société du Royaume intérieur sous un chef unique qui est Dieu.

On ne doit se représenter par cette communauté, *aucune société secrète* se rassemblant dans de certains temps, se choisissant ses chefs et ses membres et se fixant de certains buts. Toutes les sociétés, quelles qu'elles soient, ne viennent qu'après cette communauté intérieure de la sagesse ; elle ne connaît aucune des formalités qui sont l'ouvrage des hommes. Dans le royaume des forces, toutes les formes extérieures disparaissent.

Dieu Lui-même est le chef toujours présent. Le meilleur homme de son temps, le premier chef, ne connaît pas lui-même tous ses membres ; mais, dans l'instant où le but de Dieu rend nécessaire qu'il apprenne à les connaître, il les trouve certainement dans le monde pour agir vers ce but.

Cette communauté n'a point de voiles extérieurs. Celui qui est choisi pour agir devant Dieu est le premier ; il se montre aux autres sans présomption, et il est reçu par les autres sans envie.

S'il est nécessaire que de vrais membres s'unissent, ils se trouvent et se reconnaissent certainement. Aucun déguisement ne peut exister ; aucune larve d'hypocrisie, aucune dissimulation ne couvrent les traits caractéristiques de cette communauté ; car ils sont trop originaux. Le masque, l'illusion, sont ôtés, tout apparaît dans sa vraie forme.

Aucun membre n'en peut choisir un autre ; le consentement de tous est requis. Tous les hommes sont appelés ; les appelés peuvent être choisis, s'ils sont devenus mûrs pour l'entrée.

Chacun peut chercher l'entrée, et tout homme qui est dans l'intérieur peut apprendre à l'autre à chercher l'entrée. Mais tant qu'on n'est pas mûr, on ne parvient pas dans l'intérieur.

Des hommes non mûrs occasionneraient des désordres dans la communauté, et le désordre n'est pas compatible avec l'intérieur. Celui-ci repousse tout ce qui n'est pas homogène.

La prudence du monde épie en vain ce Sanctuaire intérieur ; en vain la malice cherche à pénétrer les grands mystères qui y sont cachés ; tout est hiéroglyphe indéchiffrable pour celui qui n'est pas mûr : il ne peut rien voir, rien lire dans l'intérieur.

Celui qui est mûr s'ajoute à la chaîne, peut-être souvent quand il s'en doute le moins et à un chaînon dont il ne soupçonnait pas l'existence.

Chercher à atteindre la maturité doit être l'effort de celui qui aime la sagesse.

Dans cette communauté sainte est le dépôt originel des sciences les plus antiques du genre humain, y compris les mystères primordiaux de toutes les sciences et les techniques conduisant à la maturité.

Elle est l'unique et vraie *Communauté de la Lumière*, en possession de la clé de tous les mystères et connaissant l'intime de la nature et de la création. Elle unit à ses forces propres les forces supérieures et comprend des membres de plus d'un monde. Ceux-ci forment une république théocratique, qui sera un jour la mère régente du monde entier.

# TROISIÈME LETTRE

La vérité qui est dans le plus intérieur des mystères, est semblable au soleil ; il n'est permis qu'à l'œil d'un aigle (à l'âme de l'homme capable de recevoir la lumière) de la regarder. La vue de tout autre mortel est éblouie, et l'obscurité l'environne dans la lumière même.

Jamais le grand *quelque chose* qui est dans le plus intérieur des saints mystères ne fut caché à la vue d'aigle de celui qui est capable de recevoir la lumière, Dieu et la nature n'ont point de mystères pour leurs enfants. Le mystère est seulement dans la faiblesse de notre être qui n'est pas capable de supporter la lumière, et qui n'est pas encore organisé pour la vue chaste de la vérité nue.

Cette faiblesse est la nuée qui couvre le sanctuaire ; elle est le voile qui cache le Saint des Saints.

Mais pour que l'homme puisse recouvrer la lumière, la force et sa dignité perdues, la divinité aimante s'abaissa à la faiblesse de ses créatures, et écrivit les vérités et les mystères intérieurs et éternels sur le dehors des choses, afin que l'homme puisse s'élancer par elles à l'esprit.

Ces lettres sont les cérémonies ou l'extérieur de la religion, qui conduisent à l'esprit intérieur d'union avec Dieu, actif et plein de vie.

Les hiéroglyphes des Mystères sont aussi de ces lettres ce sont les esquisses et les dessins de vérités intérieures et saintes, que couvre le voile tiré devant le sanctuaire.

La religion et les Mystères se donnent la main pour conduire tous nos frères à une vérité ; l'une et les autres ont pour but un renversement, un renouvellement de notre être ; tous deux ont pour fin la réédification d'un temple dans lequel la sagesse habite avec l'amour, Dieu avec l'homme.

Mais la religion et les Mystères seraient des phénomènes entièrement inutiles, si la Divinité ne leur avait donné des moyens effectifs pour atteindre leurs grands buts.

Or ces moyens ont toujours été dans le sanctuaire le plus intérieur ; les Mystères sont destinés à bâtir un temple à la religion, et la religion est destinée à y réunir les hommes avec Dieu.

Telle est la grandeur de la religion, et telle a été la haute dignité des Mystères de tous les temps.

Il serait outrageant pour vous, frères intimement aimés, que nous pussions penser que vous n'avez *jamais* regardé les saints mystères de ce vrai point de vue, de ce point de vue qui les représente comme l'unique moyen de conserver, dans sa pureté et son intégrité, la doctrine des vérités importantes sur Dieu, la nature et l'homme ; cette doctrine était enveloppée dans la sainte langue des symboles, et les vérités qu'elle contenait, ayant été peu à peu traduites parmi les profanes dans leur langue ordinaire, devinrent ainsi toujours plus obscures et plus inintelligibles.

Les mystères, comme vous le savez, frères tendrement aimés, promettent des choses qui seront et resteront toujours l'héritage d'un petit nombre d'hommes ; ce sont des mystères qu'on ne peut ni vendre ni enseigner publiquement ; ce sont des secrets qui ne peuvent être reçus que par un cœur qui s'efforce d'acquérir la sagesse et l'amour, et dans lequel la sagesse et l'amour ont déjà été éveillés.

Celui dans lequel cette flamme sainte a été éveillée, vit vraiment heureux, content de tout et libre dans l'esclavage même. Il voit la cause de la corruption humaine et sait qu'elle est inévitable. Il ne hait aucun criminel, il le plaint et cherche à relever celui qui est tombé, à ramener celui qui s'est égaré ; il n'éteint pas le lumignon qui flambe encore, et il n'achève point de briser le roseau froissé, parce qu'il sent que, malgré toute cette corruption, il n'y a rien de corrompu en totalité.

Il pénètre d'un regard droit la vérité de tous les systèmes religieux dans leur première base ; il connaît les sources de la superstition et de l'incrédulité, comme étant les modifications de la vérité qui n'a pas encore atteint son équilibre.

Nous sommes assurés, dignes frères, que vous considérez l'homme mystique de ce point de vue, et que vous n'attribuez point à son *art royal*, ce que l'activité déréglée de quelques individus isolés en a fait.

C'est avec ces principes, qui sont entièrement les nôtres, que vous considérerez la religion et les mystères des saintes écoles de la sagesse comme des sœurs qui, se donnant la main, ont veillé pour le bien de tous les hommes, depuis la nécessité de leur naissance.

La religion se divise en une religion extérieure et une intérieure. La religion extérieure a pour objet le culte et les cérémonies, et la religion intérieure, l'adoration en esprit et en vérité.

Les écoles de sagesse se divisent aussi en des écoles extérieures et intérieures. Les écoles extérieures possèdent la lettre des hiéroglyphes, et les écoles intérieures, l'esprit et le sens.

La religion extérieure est liée avec la religion intérieure par les cérémonies.

Les écoles extérieures des mystères se lient par les hiéroglyphes avec l'intérieure.

Mais nous approchons maintenant du temps où l'esprit doit rendre la lettre vivante, où la nuée qui couvre le sanctuaire disparaîtra, où les hiéroglyphes passeront en vision réelle, les paroles en entendement.

Nous nous approchons du temps qui déchirera le grand voile qui couvre le Saint des saints. Celui qui révère les saints mystères ne se fera plus comprendre par les paroles et les signes extérieurs, mais par l'esprit des paroles et la vérité des signes.

C'est ainsi que la religion ne sera plus un cérémonial extérieur ; mais les mystères intérieurs et saints transfigureront le culte extérieur pour préparer les hommes à l'adoration de Dieu en esprit et en vérité.

Bientôt la nuit obscure de la langue des images disparaîtra, la lumière engendrera le jour, et la sainte obscurité des mystères se manifestera dans l'éclat de la plus haute vérité.

Les voies de la lumière sont préparées pour les élus et pour ceux qui sont capables d'y marcher. La lumière de la nature, la lumière de la raison, et la lumière de la révélation s'uniront.

Le parvis de la nature, le temple de la raison, et le sanctuaire de la révélation ne formeront plus qu'un Temple. C'est ainsi que le grand édifice sera parachevé, édifice qui consiste dans la réunion de l'homme avec la nature et avec Dieu.

La connaissance parfaite de l'homme, de la nature, et celle de Dieu, seront les lumières quï éclaireront les conducteurs de l'humanité pour ramener de tous côtés les hommes leurs frères, des voies obscures des préjugés, à la raison pure, et des sentiers des passions turbulentes aux voies de la paix et de la vertu.

La couronne de ceux qui gouvernent le monde sera la raison pure, leur sceptre l'amour actif, et le Sanctuaire leur donnera l'onction et la force pour délivrer l'entendement des peuples des préjugés et des ténèbres, leur cœur des passions, de l'amour-propre et de l'égoïsme, et leur existence physique de la pauvreté et de la maladie.

Nous nous approchons du règne de la lumière, du règne de la sagesse et de l'amour, du règne de Dieu qui est la source de la lumière ; frères de la lumière, il n'y a qu'une religion dont la vérité simple s'est partagée dans toutes les religions comme dans des branches, pour retourner de la multiplicité à une religion unique.

Fils de la vérité, il n'y a qu'un ordre, qu'une Fraternité, qu'une association d'hommes unis pour acquérir la lumière. De ce centre, le malentendu a fait sortir des ordres innombrables ; tous retourneront de la multiplicité des opinions à une vérité unique et à la véritable association, qui est l'association de ceux qui sont capables de recevoir la lumière ou la Communauté des Élus.

Avec cette mesure, on doit mesurer toutes les religions et toutes les associations des hommes. La multiplicité est dans le cérémonial extérieur, la vérité n'est une que dans l'intérieur.

La cause de la multiplicité des confréries est dans la multiplicité de l'explication des symboles selon le temps, les besoins et les circonstances. La vraie Communauté de la Lumière ne peut être qu'une.

Tout extérieur est une enveloppe qui couvre l'intérieur; c'est ainsi que tout extérieur est aussi une lettre qui se multiplie toujours, mais qui ne change ni n'affaiblit jamais la simplicité de l'esprit dans l'intérieur.

La lettre était nécessaire; nous devions la trouver, la composer et apprendre à la lire pour recouvrer le sens intérieur, l'esprit.

Toutes les erreurs, toutes les divisions, tous les malentendus, tout ce qui, dans les religions et dans les associations secrètes, donne lieu à tant d'égarements, ne concerne que la lettre; tout ne se rapporte qu'au voile extérieur sur lequel les hiéroglyphes, les cérémonies et les rites sont écrits; rien ne touche l'intérieur; l'esprit reste toujours intact et saint.

Maintenant le temps de l'accomplissement pour ceux qui cherchent la lumière s'approche.

Le temps s'approche où le vieux doit être lié avec le nouveau, l'extérieur avec l'intérieur, le haut avec le bas, le cœur avec la raison, l'homme avec Dieu. et cette époque est réservée au présent âge.

Ne demandez pas, frères bien-aimés… pourquoi au présent âge?…

Tout a son temps pour des êtres qui sont renfermés dans le temps et l'espace; c'est ainsi que sont les lois invariables de la sagesse de Dieu qui coordonne tout d'après l'harmonie et la perfection.

Les élus devaient d'abord travailler à acquérir la sagesse et l'amour jusqu'à ce qu'ils fussent capables de mériter la puissance que l'invariable Divinité ne peut donner qu'à ceux qui connaissent et à ceux qui aiment.

Le matin est attendu dans la nuit; ensuite le soleil se lève, et enfin il s'avance au plein midi où toute ombre disparaît devant sa lumière directe. D'abord, la lettre de la vérité devait exister, ensuite vint l'explication pratique, ensuite la Vérité même, et ce n'est qu'après elle que l'Esprit de Vérité peut venir, qui contresigne la vérité et met les sceaux qui authentifient la lumière. Celui qui peut recevoir la vérité nous entendra.

C'est à vous, frères intimement aimés, vous qui vous efforcez d'acquérir la vérité, vous qui avez conservé fidèlement les hiéroglyphes des saints mystères dans votre temple, c'est vers vous que le premier rayon de la lumière se dirige ; ce rayon pénètre à travers les nuages des mystères pour vous annoncer le midi et les trésors qu'il apporte.

Ne demandez pas qui sont ceux qui vous écrivent ; regardez l'esprit et non la lettre, la chose et non les personnes.

Aucun égoïsme, aucun orgueil, aucun bas mobile ne règnent dans nos retraites : nous connaissons le but de la destination des hommes, et la lumière qui nous éclaire opère toutes nos actions.

Nous sommes spécialement appelés à vous écrire, frères bien-aimés dans la lumière ; et ce qui donne créance à notre charge, ce sont les vérités que nous possédons et que nous vous communiquerons au moindre indice d'après la mesure de la capacité de chacun.

La communication est propre à la lumière, là où il y a réceptivité et capacité pour la lumière ; mais elle ne contraint personne, et attend qu'on veuille bien la recevoir.

Notre désir, notre but, notre charge est de vivifier partout la lettre morte, et de rendre partout aux hiéroglyphes l'esprit vivant ; de changer partout l'inactif en actif, la mort en vie ; nous ne pouvons pas tout cela de nous-mêmes, mais par l'Esprit de Lumière de Celui qui est la Sagesse, l'Amour et la Lumière du monde, et veut devenir aussi votre esprit et votre lumière.

Jusqu'à présent le Sanctuaire le plus intérieur a été séparé du Temple, et le Temple assiégé par ceux qui étaient dans les parvis ; le temps vient où le Sanctuaire le plus intérieur doit se réunir avec le Temple, pour que ceux qui sont dans le Temple puissent agir sur ceux qui sont dans les parvis, —jusqu'à ce que les parvis soient jetés dehors.

Dans notre sanctuaire, tous les mystères de l'esprit et de la vérité sont conservés purement ; il n'a jamais pu être violé par les profanes, ni souillé par les impurs.

Ce sanctuaire est invisible comme l'est une force que l'on ne connaît que par son action.

Par cette courte description, chers frères, vous pouvez juger qui nous sommes, et il serait superflu de vous assurer que nous ne faisons pas partie de ces têtes inquiètes, qui, dans le monde ordinaire, veulent ériger un idéal de leur fantaisie. Nous n'appartenons pas non plus à ceux qui veulent jouer un grand rôle dans le monde, et qui promettent des prodiges qu'ils ne comprennent pas eux-mêmes. Nous n'appartenons pas davantage à cette classe de mécontents qui voudraient bien se venger de leur rang inférieur, ou qui ont pour but la soif de dominer, le goût des aventures et des choses extravagantes.

Nous pouvons vous assurer que nous n'appartenons à aucune autre secte et aucune autre association, qu'à la grande et vraie association de tous ceux qui sont capables de recevoir la lumière, et qu'aucune partialité, telle qu'elle soit, qu'elle finisse en *us* ou en *er*, n'a la moindre influence sur nous. Nous n'appartenons pas non plus à ceux qui se croient en droit de subjuguer tout d'après leur plan, et qui ont l'arrogance de vouloir réformer toutes les sociétés ; nous pouvons vous assurer avec fidélité que nous connaissons exactement le plus intérieur de la religion et des Saints Mystères ; et que nous possédons aussi réellement ce qu'on a toujours conjecturé être dans le plus intérieur, et que cette même possession nous donne la force de nous légitimer de notre charge, et de communiquer partout à l'hiéroglyphe, à la lettre morte, l'esprit et la vie.

Les trésors de notre sanctuaire sont grands ; nous avons le sens et l'esprit de tous les hiéroglyphes et de toutes les cérémonies qui ont existé depuis le jour de la Création jusqu'à ces temps ; et les vérités les plus intérieures de tous les Livres sacrés, avec les raisons des rites des plus anciens peuples.

Nous possédons une lumière qui nous oint, et par laquelle nous entendons le plus caché et le plus intérieur de la nature.

Nous possédons un feu qui nous nourrit et nous donne la force pour agir sur tout ce qui est dans la nature. Nous possédons une *clef pour ouvrir* les portes des mystères, et une *clef pour fermer* le laboratoire de la nature.

Nous possédons la connaissance d'un lien pour nous rattacher aux mondes supérieurs et nous en transmettre le langage.

Tout le merveilleux de la nature est subordonné à la puissance de notre volonté en union avec la Divinité.

Nous possédons la science qui interroge la nature même, où il n'y a point d'erreur, mais seulement la vérité et la lumière.

Dans notre école, tout peut être enseigné ; car notre Maître est la Lumière même et son Esprit. La plénitude de notre savoir est la connaissance de la correspondance du monde divin avec le monde spirituel, de celui-ci avec le monde élémentaire, et du monde élémentaire avec le monde matériel.

Par ces connaissances, nous sommes en état de coordonner les esprits de la nature et le cœur de l'homme.

Nos sciences sont l'héritage promis aux Élus ou à ceux qui sont capables de recevoir la lumière, et la pratique de nos sciences est la plénitude de la Divine Alliance avec les enfants des hommes.

Nous pourrions vous raconter, frères chéris, des merveilles des choses qui sont cachées dans le trésor du Sanctuaire, telles que vous en seriez étonnés et mis hors de vous-mêmes ; nous pourrions vous parler de choses de la conception desquelles le philosophe pensant le plus profondément, est aussi éloigné que la terre l'est du soleil, et desquelles nous sommes aussi près que l'est à l'être le plus intérieur de tous, la plus intérieure lumière.

Mais notre intention n'est pas d'exciter votre curiosité ; la seule persuasion intérieure et la soif du bien de nos frères, doivent pousser celui qui est capable de recevoir la lumière à la source, où sa soif de sagesse peut être apaisée et sa faim d'amour rassasiée.

La sagesse et l'amour habitent dans nos retraites ; là ne règne aucune contrainte ; la vérité de leurs incitations est notre puissance magique.

Nous pouvons assurer que des trésors d'une valeur infinie sont dans nos mystères les plus intérieurs ; qu'une telle simplicité les enveloppe qu'ils resteront toujours inaccessibles au savant orgueilleux, et que ces trésors, dont la recherche apporte, à bien des profanes soucis et folie, sont et resteront pour nous la vraie sagesse.

Bénédiction pour vous, mes frères, si vous sentez ces grandes vérités. Le recouvrement du *Triple Verbe* et de sa force sera votre récompense. Votre félicité sera d'avoir la force de contribuer à réconcilier les hommes avec les hommes, avec la nature et Dieu ; ce qui est le vrai travail de tout ouvrier qui n'a pas rejeté la *Pierre de l'Angle*.

Maintenant nous avons rempli notre charge et nous vous avons annoncé l'approche du grand midi, et la réunion du Sanctuaire le plus intérieur avec le Temple. Nous laissons le reste à votre libre volonté.

Nous le savons bien, pour notre chagrin amer, que comme le Sauveur a été personnellement méconnu, ridiculisé et poursuivi lorsqu'il vint dans Son humilité, de même Son Esprit, qui apparaîtra dans la gloire, sera rejeté et ridiculisé par plusieurs. Malgré cela, l'avènement de Son Esprit doit être annoncé dans les temples pour que ce qui est écrit s'accomplisse : « J'ai frappé à vos portes, et vous ne M'avez pas ouvert ; J'ai appelé et vous n'avez pas écouté Ma voix ; je vous ai invités à la noce, et vous étiez occupés d'autre chose. »

La Paix et la Lumière de l'Esprit soient avec nous.

# QUATRIÈME LETTRE

Comme l'infinité des nombres se perd dans un nombre unique qui est leur base ; et, comme les rayons innombrables d'un cercle se réunissent dans un centre unique, c'est ainsi que les mystères, les hiéroglyphes et les emblèmes infinis n'ont pour objet qu'une vérité unique. Celui qui la connaît a trouvé la clef pour connaître tout, tout d'un coup.

Il n'y a qu'un Dieu, qu'une vérité, qu'une voie qui conduit à cette grande vérité. Il n'y a qu'un moyen unique pour trouver cette vérité.

Celui qui a trouvé ce moyen, possède par lui :

Toute la sagesse dans un livre unique ;

Toutes les forces dans une force unique ;

Toutes les beautés dans un objet unique ;

Toutes les richesses dans un trésor unique ;

Toutes les félicités dans un bien unique ;

*Et la somme de toutes ces perfections, c'est Jésus-Christ, qui a été crucifié et qui est ressuscité.*

Maintenant cette grande vérité, ainsi exprimée, est, il est vrai, seulement un objet de la foi ; mais elle peut devenir une *connaissance expérimentale,* aussitôt que nous sommes instruits *comment* Jésus-Christ peut être ou peut devenir tout cela.

Ce grand mystère fut toujours un objet d'enseignement de *l'École Secrète de l'Église invisible et intérieure,* et cet enseignement fut connu dans les temps du christianisme sous le nom de *Disciplina arcani.* C'est de cette école secrète que tous les rites et cérémonies de l'Église extérieure tirent leur origine, quoique l'esprit de ces vérités grandes et simples se fût retiré dans l'intérieur, et ait paru dans nos temps entièrement perdu pour l'extérieur.

Il a été prédit, il y a longtemps, chers frères, que tout ce qui est caché sera découvert dans les derniers temps ; mais il a été aussi prédit que dans ces temps, beaucoup de faux prophètes s'élèveront ; et les fidèles ont été avertis de ne point croire à tout esprit ; mais d'éprouver les esprits, s'ils sont réellement de Dieu (Épître de Saint-Jean, chapitre IV, V et suivants).

L'apôtre donne lui-même la manière de faire cette épreuve ; il dit : *Voici à quoi vous reconnaîtrez l'esprit qui est de Dieu ; tout esprit qui confesse Jésus-Christ, lequel est venu dans une chair véritable, est de Dieu, et tout esprit qui le divise,* c'est-à-dire, qui sépare en lui le divin de l'humain, *n'est point de Dieu.*

Nous confessons que Jésus-Christ est venu dans la chair, et c'est par là même que l'Esprit de vérité parle par nous. Mais le mystère, que Jésus-Christ est venu *dans la chair,* est d'une grande étendue et renferme en lui la connaissance du divin humain, et c'est cette connaissance que nous choisissons aujourd'hui pour l'objet de notre instruction.

Comme nous ne parlons point avec des novices en matière de foi, il vous sera, chers frères, d'autant plus facile de concevoir les vérités sublimes que nous allons vous présenter, que vous aurez sans doute déjà choisi plusieurs fois pour but de vos méditations saintes, différents sujets préparatoires.

La religion considérée scientifiquement est la doctrine de la transformation de l'homme, séparé de Dieu, en homme réuni avec Dieu. De là son but unique est d'unir chaque individu de l'humanité, et enfin toute l'humanité avec Dieu, dans laquelle union, seulement, elle peut atteindre et éprouver la plus haute félicité temporelle et spirituelle.

Ainsi, cette doctrine de *réunion* est de la dignité la plus sublime ; et, comme elle est une doctrine, elle doit avoir nécessairement une méthode par laquelle elle nous conduit :

Premièrement, à la connaissance de la vraie voie de la réunion ; et,

Secondement, à la connaissance de la façon dont ce moyen doit être appliqué conformément au but.

Ce grand moyen de la réunion sur lequel se concentre toute la doctrine religieuse, n'aurait jamais été connu de l'homme sans Révélation. Il a toujours été hors la sphère de la connaissance scientifique ; et cette même profonde ignorance où l'homme était tombé, a rendu nécessaire la Révélation sans laquelle nous n'aurions jamais pu trouver les voies pour nous relever.

De la Révélation résulta la nécessité de la foi à la Révélation ; car celui qui ne sait pas, qui n'a aucune expérience d'une chose, doit d'abord nécessairement croire s'il veut savoir et expérimenter. Car si la foi tombe, on s'inquiète peu de la Révélation, et on se ferme, par là même, l'accès à la méthode que la Révélation seule contient.

Comme l'action et la réaction se proportionnent réciproquement dans la nature, ainsi se proportionnent la Révélation et la foi.

Là où il n'y a point de réaction, l'action cesse nécessairement ; là où il n'y a point de foi, aucune Révélation ne peut avoir lieu ; mais plus il y a de foi, plus il y a de Révélation ou de développement des vérités qui sont dans l'obscurité, et ne peuvent être développées que par notre confiance.

Il est vrai et très vrai que toutes les vérités secrètes de la religion, même les vérités les plus obscures et les mystères qui nous paraissent les plus singuliers, se justifieront un jour devant le tribunal de la raison la plus rigoureuse ; mais la faiblesse de l'homme, le défaut de notre pénétration, par rapport à tout l'ensemble de la nature sensible et de la spirituelle, ont exigé que les vérités les plus élevées ne nous puissent être montrées et ouvertes que successivement. La sainte obscurité des mystères est là à cause de notre faiblesse, comme leur éclaircissement graduel est là pour fortifier peu à peu notre faiblesse, et pour rendre notre œil susceptible de fixer la pleine lumière.

A chaque degré auquel s'élève le croyant, vers la Révélation, il obtient une lumière plus parfaite pour arriver à la connaissance ; et cette lumière devient de même pour lui progressivement plus convaincante, parce que chaque vérité de la foi acquise, devient peu à peu vivante, et passe en conviction.

De là, la foi se fonde sur notre faiblesse et sur la pleine lumière de la Révélation qui doit se communiquer d'après notre capacité, pour nous donner successivement l'objectivité des choses plus élevées.

Ces objets pour lesquels la raison humaine n'a point d'objectivité, sont nécessairement du domaine de la foi. L'homme ne peut qu'adorer et se taire ; mais s'il veut démontrer des choses sur lesquelles il n'a point d'objectivité, il tombe nécessairement dans des erreurs. L'homme doit adorer et se taire jusqu'à ce que les objets qui sont dans le domaine de la foi lui deviennent peu à peu plus clairs et, par conséquent, plus faciles à connaître. Tout se démontre de soi-même aussitôt que nous acquérons l'expérience intérieure des vérités de la foi, aussitôt que nous sommes conduits de la foi à la vision, c'est-à-dire, à la connaissance objective.

Dans tous les temps, il y a eu des hommes éclairés de Dieu, qui avaient cette objectivité intérieure de la foi en entier ou en partie, selon que la communication des vérités de la foi passait dans leur entendement ou dans leur sentiment. La première espèce de vision, purement intelligible, était appelée *illumination divine*. La seconde espèce était appelée *inspiration divine*. Le *sensorium* intérieur fut ouvert dans plusieurs jusqu'aux visions divines et transcendantales, qu'on appelait ravissements ou extases, lorsque le *sensorium* intérieur se trouvait tellement exalté qu'il dominait sur le *sensorium* extérieur et sensible.

Mais cette espèce d'hommes fut toujours inexplicable, et devait le rester pour l'homme des sens, parce qu'il n'avait point d'organe pour le surnaturel et le transcendantal. De là l'on ne doit nullement s'étonner qu'on regarde un homme qui a considéré de plus près le monde des esprits comme un extravagant, ou même comme un fou ; car le jugement commun des hommes se borne simplement à ce que les sens leur donnent à sentir ; de là l'Écriture dit très clairement : l'homme *animal ne conçoit pas ce qui est de l'esprit*, parce que son sens spirituel n'est pas ouvert pour le monde transcendantal, de manière qu'il ne peut pas avoir plus d'objectivité de ce monde que l'aveugle n'en a de la couleur.

Ainsi, l'homme extérieur des sens a perdu ce sens intérieur qui est le plus important ; ou plutôt la capacité de développement de ce sens, qui est caché en lui, est négligée au point qu'il ne se doute pas lui-même de son existence.

Ainsi, les hommes des sens sont en général dans un aveuglement spirituel ; leur œil intérieur est fermé, et cet obscurcissement est encore une suite de la Chute du premier homme. La matière corruptible qui l'enveloppait a fermé son œil intérieur et spirituel, et c'est ainsi qu'il est devenu aveugle pour tout ce qui regarde les mondes intérieurs.

L'homme est doublement misérable, il ne porte pas seulement un bandeau sur ses yeux, qui lui cache la connaissance des vérités plus élevées ; mais son cœur languit même dans les liens de la chair et du sang, qui l'attachent aux plaisirs animaux, et sensibles, au détriment de plaisirs plus élevés et spirituels. C'est ainsi que nous sommes dans l'esclavage de la concupiscence, sous la domination des passions qui nous tyrannisent, et nous nous traînons, comme de malheureux paralytiques, sur deux misérables béquilles, savoir, sur la béquille de notre raison naturelle et sur la béquille de notre sentiment naturel. Celle-là nous donne journellement l'apparence pour la vérité. Celle-ci nous fait prendre journellement le mal pour le bien. Voilà notre misérable état !

Les hommes ne pourront devenir heureux que quand le bandeau qui empêche l'accès de la vraie lumière tombera de leurs yeux. Ils ne pourront devenir heureux que quand les liens d'esclavage qui chargent leurs cœurs seront rompus. L'aveugle doit pouvoir voir, et le paralytique doit pouvoir marcher s'ils veulent être heureux. Mais la grande et redoutable loi à laquelle la félicité ou le bonheur des hommes est absolument attachée est la loi suivante :

*Homme, que la raison règne sur tes passions !*

Depuis des siècles, on s'efforce réciproquement de raisonner et de faire la morale ; et quel est le résultat de notre peine depuis tant de siècles ? Les aveugles veulent conduire les aveugles, et les paralytiques les paralytiques. Mais dans toutes les folies auxquelles nous nous sommes livrés, dans toutes les misères que nous nous sommes attirées, nous ne voyons pas encore que nous ne pouvons rien de nous-mêmes, et que nous avons besoin d'une puissance plus élevée pour nous retirer de la misère.

Les préjugés et les erreurs, les vices et les crimes ont changé leurs formes de siècle en siècle ; mais ils n'ont jamais été extirpés de l'humanité. La raison sans lumière tâtonnait dans chaque siècle au milieu des ténèbres : le cœur plein de passions est le même dans chaque siècle.

Il n'y a qu'un seul qui puisse nous guérir ; qu'un seul qui soit en état d'ouvrir notre œil intérieur pour que nous voyions la vérité. Ce n'est qu'un seul qui peut nous ôter les chaînes qui nous chargent, et nous rendent les esclaves de la sensualité.

Cet « Un seul », c'est Jésus-Christ le Sauveur des Hommes, le Sauveur parce qu'il veut nous arracher à toutes les suites dans lesquelles l'aveuglement de notre raison naturelle et les égarements de notre cœur passionné nous précipitent.

Très peu d'hommes, chers frères, ont une conception précise de la grandeur de la Rédemption des hommes ; beaucoup croient que Jésus-Christ le Seigneur ne nous a rachetés, par Son sang répandu, que de la *damnation,* autrement dit, de l'éternelle séparation de l'homme avec Dieu ; mais ils ne croient pas qu'il veut aussi délivrer de toutes misères ici-bas ceux qui Lui sont attachés.

Jésus-Christ est le Sauveur du Monde, Il est le vainqueur de la misère humaine ; Il nous a rachetés de la mort et du péché ; comment serait-Il tout cela, si le monde devait toujours languir dans les ténèbres de l'ignorance et dans les liens des passions ? Il a été déjà prédit très clairement dans les Prophètes que ce temps de la Rédemption de Son peuple, ce premier Sabbat du temps, arriverait. Il y a longtemps que nous aurions dû reconnaître cette promesse pleine de consolation ; mais le défaut de la vraie connaissance de Dieu, de l'homme et de la nature, a été l'empêchement qui nous a toujours caché ces grands mystères de la foi.

Il faut savoir, mes frères, qu'il y a une nature double, la nature pure, spirituelle, immortelle et indestructible, et la nature impure, matérielle, mortelle et destructible.

La nature pure et indestructible était avant la nature impure et destructible. Cette dernière n'a tiré son origine que de la disharmonie et la disproportion des substances qui forment la nature indestructible. De là, elle n'est permanente que jusqu'à ce que les disproportions et les dissonances soient ôtées, et que tout soit remis en harmonie.

Une mauvaise compréhension de l'esprit et de la matière est une des principales causes qui fait que plusieurs vérités de la foi ne nous apparaissent pas dans leur vraie lumière.

L'esprit est une substance, une essence, une réalité absolue. De là, ses propriétés sont l'indestructibilité, l'uniformité, la pénétration, l'indivisibilité, et la continuité.

La matière n'est pas une substance, elle est un agrégat. De là elle est destructible, divisible et soumise au changement.

Le monde métaphysique est un monde réellement existant, extrêmement pur et indestructible, dont nous nommons le centre Jésus-Christ, et dont nous connaissons les habitants sous le nom d'esprits et d'anges.

Le monde matériel et physique est le monde des phénomènes ; il ne possède aucune vérité absolue ; tout ce qui est nommé vérité ici, n'est que relatif, n'est que l'ombre de la vérité, et non pas la vérité même ; tout est phénomène.

Notre raison emprunte ici toutes ses idées par les sens, ainsi elles sont sans vie, mortes. Nous tirons tout de l'objectivité extérieure, et notre raison ne ressemble qu'à un singe qui imite en lui plus ou moins ce que la nature lui présente. Ainsi, la simple lumière des sens est le principe de notre raison inférieure, la sensualité, le penchant vers des besoins animaux, est le mobile de notre volonté. Nous sentons, il est vrai, qu'un mobile plus élevé nous serait nécessaire ; mais jusqu'à présent, nous ne savions pas le chercher ni le trouver.

Ici-bas, où tout est corruptible, on ne peut chercher ni le principe de la raison, ni le principe de la moralité, ni le mobile de la volonté. Nous devons le prendre dans un monde plus élevé.

Là où tout est pur, où rien n'est soumis à la destruction, là règne un Être qui est toute sagesse et tout amour, et qui, par la lumière de Sa sagesse, peut devenir pour nous le vrai principe de la raison, et par la chaleur de Son amour, le vrai principe de la moralité. Aussi le monde ne deviendra et ne peut devenir heureux que quand cet Être réel, qui est en même temps la sagesse et l'amour, sera reçu entièrement par l'humanité et sera devenu en elle tout en tous.

L'homme, chers frères, est composé de la substance indestructible et métaphysique, et de la substance matérielle et destructible, cependant de manière qu'ici-bas la matière destructible tient comme emprisonnée la substance indestructible et éternelle.

C'est ainsi que deux natures contradictoires sont renfermées dans le même homme. La substance destructible nous lie toujours au sensible ; la substance indestructible cherche à se délivrer des chaînes sensibles et cherche la sublimité de l'esprit. De là dérive le combat continuel entre le bien et le mal ; le bien veut toujours absolument la raison et la moralité ; le mal conduit journellement à l'erreur et à la passion.

C'est ainsi que l'homme, dans ce débat perpétuel, tantôt s'élève et tantôt tombe dans des abîmes ; cherche à se relever et chancelle de nouveau.

On doit chercher la cause fondamentale de la corruption humaine dans la matière corruptible de laquelle les hommes sont formés. Cette matière grossière opprime en nous l'action du principe transcendantal et spirituel, et cela est la vraie cause de l'aveuglement de notre entendement et des erreurs de notre cœur.

On doit chercher la fragilité d'un vase dans la matière de laquelle le vase est formé. La forme la plus belle possible que la terre puisse recevoir reste toujours fragile, parce que la matière dont elle est formée est fragile.

C'est ainsi que nous, pauvres hommes, nous ne restons toujours que des hommes fragiles avec toute notre culture extérieure.

Quand nous examinons les causes des empêchements qui tiennent la nature humaine dans un abaissement si profond, elles se trouvent toutes dans la grossièreté de la matière dans laquelle sa partie spirituelle est comme plongée et liée.

L'inflexibilité des fibres, l'immobilité des humeurs qui désirent obéir aux incitations raffinées de l'esprit, sont comme les chaînes matérielles qui le lient, et qui empêchent en nous les fonctions sublimes desquelles il serait capable.

Les nerfs et les fluides de notre cerveau ne nous livrent que des idées grossières et obscures, dérivant des phénomènes, et non de la vérité et de la chose même ; et comme nous ne pouvons pas, par la seule puissance de notre principe pensant, faire équilibre à la violence des sensations extérieures à l'aide de représentations suffisamment énergiques, il en résulte que nous sommes toujours déterminés par la passion et que la voix de la raison, qui parle doucement dans notre intérieur, est étouffée par le bruit tumultueux des éléments qui entretiennent notre machine.

Certes, la raison s'efforce de dominer le tumulte, cherche à décider du combat et tente de rétablir l'ordre par la lucidité de son jugement. Mais son action est semblable aux rayons du soleil quand d'épais nuages en obscurcissent l'éclat.

La grossièreté des matériaux dont est constitué l'homme matériel, charpente de l'édifice entier de sa nature, est la cause de cet accablement qui tient les pouvoirs de notre âme dans une faiblesse et une imperfection continuelles.

La paralysie de notre force pensante, en général, est une suite de la dépendance où nous tient une matière grossière et inflexible ; matière qui forme les vrais liens de la chair, et les véritables sources de toutes les erreurs et même du vice.

La raison, qui doit être législatrice absolue, est une esclave perpétuelle de la sensualité. Celle-ci s'élève en régente et se sert de la raison qui languit dans ses liens et se prête à ses désirs.

On a senti cette vérité il y a longtemps ; toujours on a prêché avec des paroles… La raison doit être législatrice absolue… Elle doit gouverner la volonté et non être gouvernée par elle…

Les grands et les petits sentaient cette vérité ; mais aussitôt qu'on en venait à l'exécution, la volonté animale subjuguait bientôt la raison, ensuite la raison subjuguait pour quelque temps la volonté animale, et c'est ainsi que, dans chaque homme, la victoire et la défaite entre les ténèbres et la lumière étaient alternatives, et cette même puissance et contre-puissance réciproques sont la cause de l'oscillation perpétuelle entre le bien et le mal, entre le faux et le vrai.

Si l'humanité doit être conduite au vrai et au bien pour qu'elle agisse seulement d'après les lois de la raison, et d'après les penchants purs de la volonté, il est immédiatement nécessaire de donner à la raison pure la souveraineté dans l'humanité. Mais comment ceci peut-il être lorsque la matière dont chaque homme est formé, est plus ou moins inégale, brute, divisible et corruptible, et qu'elle est constituée de telle sorte que toute notre misère, douleur, maladie, pauvreté, mort, besoins, préjugés, erreurs et vices en dépendent, et sont les suites nécessaires de la limitation de l'esprit immortel dans ses liens. Est-ce que la sensualité ne doit pas commander quand la raison est dans les liens? et n'est-elle pas dans les liens lorsque le cœur impur et fragile repousse partout son rayon pur?

Oui, amis et frères, là est la source de toute la misère des hommes; et, comme cette corruption se propage d'homme en homme, elle peut être appelée, avec justice, leur corruption héréditaire.

Nous observons, en général, que les forces de la raison n'agissent sur le cœur que par rapport à la constitution spécifique de la matière dont l'homme est formé. Aussi il est extrêmement remarquable, quand nous pensons que le soleil vivifie cette matière animale d'après la mesure de sa distance de ce corps terrestre, qu'il la rende aussi propre aux fonctions de l'économie animale, qu'à un degré plus ou moins élevé de l'influence spirituelle.

La diversité des peuples, leurs particularités par rapport au climat, la multiplicité de leurs caractères et de leurs passions, leurs mœurs, leurs préjugés et usages, ou même leurs vertus et leurs vices, dépendent entièrement de la constitution spécifique de la matière dont ils sont formés, et dans laquelle l'esprit enfermé agit différemment. Leur capacité de culture se modifie même d'après cette constitution, et d'après elle se dirige aussi la science, qui ne modifie chaque peuple qu'autant qu'il y a une matière présente, susceptible d'être modifiée, déterminant la capacité de culture propre d'un peuple, qui dépend en partie de la génération et en partie du climat.

En général nous trouvons partout le même homme faible et sensuel, qui n'a de bien, sous chaque zone, qu'autant que sa matière sensible permet à sa raison de l'emporter sur la sensualité, et de mal qu'autant que la sensualité peut avoir de prédominance sur l'esprit plus ou moins lié. Là, résident le bien et le mal naturels de chaque nation comme de chaque individu isolé.

Nous trouvons dans le monde entier cette corruption inhérente à la matière de laquelle les hommes sont formés. Partout c'est la misère, la douleur, la maladie, la mort ; partout ce sont les besoins, les préjugés, les passions et les vices, seulement sous d'autres formes et modifications.

De l'état le plus brut de la sauvagerie, l'homme entre dans la vie sociale d'abord par les besoins ; la force et la ruse, facultés principales de l'animal, l'accompagnent et se développent sous d'autres aspects.

Les modifications de ces penchants animaux fondamentaux sont innombrables ; et le plus haut degré de la culture humaine que jusqu'à présent le monde ait acquise, n'a pas porté les choses plus loin que de les colorer d'une couche plus fine. Cela veut dire que nous nous sommes élevés de l'état de l'animal brut jusqu'au plus haut degré de l'animal raffiné.

Mais cette période était nécessaire ; car par son accomplissement commence une nouvelle période, où, après les besoins animaux développés, commence le développement du besoin plus élevé de la lumière et de la raison.

Jésus-Christ nous a gravé dans le cœur, par de très belles paroles, cette grande vérité, qu'on doit chercher dans la matière la cause de la misère des hommes, mortels et fragiles par l'ignorance et les passions. Lorsqu'Il disait : le *meilleur homme, celui qui s'efforce le plus d'arriver à la vérité, pèche sept fois par jour*, il voulait dire par là : dans l'homme le mieux organisé, les sept forces de l'esprit sont encore si fermées que les sept actions de la sensualité surmontent chaque jour selon leur mode.

Ainsi, le meilleur homme est exposé aux erreurs et aux passions. Le meilleur homme est faible et pêcheur ; le meilleur homme n'est pas libre, n'est pas exempt de la douleur et de la misère ; le meilleur homme est assujetti à la maladie et à la mort, et pourquoi cela ? parce que tout ceci, ce sont les conséquences nécessaires des propriétés d'une matière corruptible dont il est formé.

Ainsi, il ne peut y avoir d'espérance d'un bonheur plus élevé pour l'humanité, tant que cet être corruptible et matériel forme la principale partie substantielle de son essence. L'impossibilité dans laquelle est l'humanité de pouvoir s'élancer d'elle-même à la vraie perfection est une constatation pleine de désespoir ; mais, en même temps, cette pensée est la cause, pleine de consolation, pour laquelle un être plus élevé et plus parfait s'est couvert de cette enveloppe mortelle et fragile, afin de rendre le mortel immortel, le destructible indestructible, et dans cela on doit chercher aussi la vraie cause de l'incarnation de Jésus-Christ.

Jésus-Christ, est l'Oint de la Lumière, est la splendeur de Dieu, la Sagesse qui était sortie de Dieu, le fils de Dieu, le Verbe réel par lequel tout est fait et qui était au commencement. Jésus-Christ, la Sagesse de Dieu qui opère toutes choses, était comme le centre du Paradis, du monde de la lumière ; il était le seul organe réel par lequel la force divine pouvait se communiquer ; et cet organe est la nature immortelle et pure, la substance indestructible qui vivifie et qui porte tout à la plus haute perfection et félicité. Cette substance indestructible est *l'élément pur* dans lequel vivait l'homme spirituel.

De cet élément pur dans lequel Dieu seul habitait, et de la substance duquel le premier homme fut créé, celui-ci s'est séparé par la Chute. Par la jouissance du fruit de l'arbre du mélange du principe bon ou incorruptible et du principe mauvais ou corruptible, il s'empoisonna de telle sorte que son être immortel s'intériorisa, et que le mortel le recouvrit. C'est ainsi que disparurent l'immortalité, la félicité et la vie ; et la mortalité, le malheur et la mort furent les suites de ce changement.

Beaucoup d'hommes ne peuvent point se faire une idée de l'Arbre du Bien et du Mal ; cet arbre était le produit de la matière chaotique, qui était encore dans le centre, et dans laquelle la destructibilité avait encore la supériorité sur l'indestructibilité. La jouissance trop prématurée de ce fruit qui empoisonne et qui dérobe l'immortalité, enveloppa Adam dans cette forme matérielle assujettie à la mort. Il tomba parmi les éléments qu'il gouvernait antérieurement.

Cet événement malheureux fut la cause que l'immortelle Sagesse, l'élément pur et métaphysique, se couvrit de l'enveloppe mortelle, et se sacrifia volontairement pour que ses forces intérieures passassent dans le centre de la destruction et pussent ramener peu à peu tout ce qui est mortel à l'immortalité.

Ainsi, comme il arriva tout naturellement que l'homme immortel devînt mortel par la jouissance d'un fruit mortel, de même il arriva tout naturellement que l'homme mortel pût recouvrer sa dignité précédente par la jouissance d'un fruit immortel.

Tout se passe naturellement et simplement dans le Royaume de Dieu ; mais pour reconnaître cette simplicité, il est nécessaire d'avoir des idées pures de Dieu, de la nature et de l'homme ; et si les vérités les plus sublimes de la foi sont encore enveloppées pour nous d'une obscurité impénétrable, la cause en est dans ce que nous avions jusqu'à présent toujours séparé les idées de Dieu, de la nature et de l'homme.

Jésus-Christ a parlé avec Ses amis les plus intimes, lorsqu'Il était encore sur cette terre, du grand mystère de la Régénération ; mais tout ce qu'Il disait était obscur pour eux, ils ne pouvaient pas encore le concevoir ; aussi le développement de ces grandes vérités était réservé pour les derniers temps ; il est le suprême mystère de la religion dans lequel tous les mystères rentrent comme dans leur unité.

La Régénération n'est autre chose qu'une dissolution et qu'un dégagement de cette matière impure et corruptible, qui tient lié notre être immortel et tient plongée en un sommeil de mort la vie des forces actives opprimées. Ainsi, il doit y avoir nécessairement un moyen réel pour chasser ce ferment vénéneux qui occasionne en nous le malheur, et pour délivrer les forces emprisonnées.

Mais on ne doit chercher ce moyen nulle autre part que dans la religion ; car comme la religion, considérée scientifiquement, est la doctrine de la réunion avec Dieu, elle doit aussi nécessairement nous apprendre à connaître le moyen pour arriver à cette réunion. Est-ce que Jésus et Sa connaissance vivifiante ne sont pas l'objet principal de la Bible et le contenu de tous les désirs, de toutes les espérances et de toutes les attentes du chrétien ? N'avons-nous pas reçu de notre Seigneur et Maître, tant qu'il marcha parmi ses disciples, les plus hautes solutions touchant les vérités les plus cachées ? Est-ce que notre Seigneur et Maître, lorsqu'il était avec eux, dans son corps glorifié, après sa résurrection, ne leur a pas donné une plus haute révélation par rapport à Sa personne, et ne les a pas conduits plus profondément dans l'intérieur de la connaissance de la vérité ?

Est-ce qu'il ne réaliserait pas ce qu'il a dit dans sa prière sacerdotale ? Saint Jean (XVII, 22, 23) : «*Je leur ai donné et communiqué la gloire que vous m'avez donnée, afin qu'ils soient un comme nous sommes un en eux, et eux avec moi, afin qu'ils soient parfaits dans l'unité.* »

Comme les disciples du Seigneur ne pouvaient pas concevoir ce grand mystère de la nouvelle et dernière Alliance, Jésus-Christ le transmit aux derniers temps de l'avenir qui s'approchent à présent, et Il dit : « *A ce jour où Je vous communiquerai Ma gloire, vous reconnaîtrez que Je suis dans Mon Père, vous en Moi, et Moi en vous.* » Cette alliance est appelée l'Alliance de Paix. C'est alors que la loi de Dieu sera gravée dans le plus intérieur de notre cœur ; nous reconnaîtrons tous le Seigneur, nous serons Son peuple et Il sera notre Dieu.

Tout est déjà préparé pour cette possession actuelle de Dieu, pour cette union réelle avec Dieu, et déjà possible ici-bas ; et l'élément saint, la vraie médecine pour l'humanité est révélée par l'Esprit de Dieu. La table du Seigneur est ouverte, et tous sont invités ; le vrai pain des Anges est préparé, duquel il est écrit : « *Vous leur avez donné le pain du ciel.* »

La sainteté et la grandeur du mystère qui renferme en lui tous les mystères, nous commandent ici de nous taire, et il ne nous est permis que de faire mention de ses effets.

Le corruptible, le destructible est consumé en nous et couvert avec l'incorruptible et l'indestructible. Le *sensorium* intérieur s'ouvre et nous lie avec le monde spirituel. Nous sommes éclairés par la sagesse, conduits par la vérité, nourris par le flambeau de l'amour. Des forces inconnues se développent en nous pour vaincre le monde, la chair et Satan. Tout notre être est renouvelé, et rendu capable de devenir une demeure réelle de l'Esprit de Dieu. La domination sur la nature, la relation avec des mondes supérieurs, et la béatitude du commerce visible avec le Seigneur nous sont données.

Le bandeau de l'ignorance tombe de nos yeux, les liens de la sensualité se brisent, et nous avons la liberté des enfants de Dieu.

Nous vous avons dit le plus élevé et le plus important ; si votre cœur, qui a soif de la vérité, a conçu des idées pures sur tout ceci et a pleinement compris la grandeur et la sainteté du but à atteindre, nous vous en dirons davantage.

Que la gloire du Seigneur et le renouvellement de tout votre être soient, en attendant, la plus haute de vos espérances !

# CINQUIÈME LETTRE

Nous vous avons, frères aimés, rendus attentifs dans notre dernier écrit, au plus haut de tous les mystères, *la possession réelle de Dieu* ; il est nécessaire de vous communiquer la plénitude de la lumière sur cet objet.

L'homme, frères chéris, est malheureux ici-bas, parce qu'il est formé d'une matière destructible et sujette à toutes les misères.

L'enveloppe fragile qu'est le corps, l'expose à la violence des éléments ; la douleur, la pauvreté, la souffrance, la maladie, voilà son sort.

L'homme est malheureux, parce que son esprit immortel languit dans les liens des sens ; la lumière divine est fermée en lui ; uniquement à la lueur clignotante de sa raison sensorielle, il marche en chancelant dans les voies de son pèlerinage ; torturé par les passions, égaré par les préjugés, et nourri par les erreurs, il se plonge d'un abîme de misère dans l'autre.

L'homme est malheureux, parce qu'il est malade de corps et d'âme, et qu'il ne possède aucune vraie médecine, ni pour son corps, ni pour son âme.

Ceux qui devraient conduire les autres hommes, les guider au bonheur et les gouverner, sont des hommes comme les autres, aussi fragiles et assujettis à autant de passions, exposés de même à bien des préjugés.

Ainsi quel sort peut attendre l'humanité ? La plus grande partie sera-t-elle toujours malheureuse ? n'y a-t-il point de salut pour l'ensemble ?

Frères, si l'humanité est jamais capable de s'élever à un état heureux, la félicité qu'elle veut acquérir ne sera possible que sous les conditions suivantes :

Premièrement, la pauvreté, la douleur, la maladie et la misère doivent devenir plus rares.

Deuxièmement, les passions, les préjugés et les erreurs doivent diminuer.

Est-ce que ceci est possible étant donné la corruption de la nature humaine, lorsque l'expérience nous a prouvé de siècle en siècle comment la misère ne fait que changer en une autre forme de misère ; comment les passions, les préjugés et les erreurs occasionnent toujours le même mal ; quand nous pensons que toutes ces choses n'ont fait que changer de forme, et que les hommes, dans chaque siècle, ont été les mêmes hommes fragiles ?

Il y a un jugement terrible prononcé sur l'espèce humaine, et ce jugement est : « *Les hommes ne peuvent pas devenir heureux tant qu'ils ne seront pas sages.* » Mais ils ne deviendront pas sages, tant que la sensualité dominera sur la raison, tant que l'esprit languira dans les liens de la chair et du sang.

Où est l'homme qui est sans passions? Qu'il se montre! — Ne portons-nous pas tous plus ou moins les chaînes de la sensualité? Ne sommes-nous pas tous des esclaves? tous des pécheurs?

Oui, frères, confessons que nous sommes les esclaves du péché.

Ce sentiment de notre misère excite en nous le désir de rédemption; nous tournons nos regards en haut, et la voix d'un ange nous annonce:

*La misère de l'homme sera levée.*

Les hommes sont malades de corps et d'esprit. Ainsi, cette maladie générale doit avoir une cause, et cette cause est dans la matière de laquelle l'homme est composé.

Le destructible enferme l'indestructible; la lumière de la sagesse est liée dans les profondeurs de l'obscurité; le *ferment du péché* est en nous, et dans ce ferment réside la corruption humaine, et sa propagation avec les suites du péché originel.

La guérison de l'humanité n'est possible que par la destruction en nous de ce ferment du péché; de là, nous avons besoin d'un médecin et d'un remède.

Mais le malade ne peut pas être guéri par le malade; le destructible ne peut pas porter le destructible à la perfection; ce qui est mort ne peut pas réveiller ce qui est mort, et l'aveugle ne peut pas conduire l'aveugle. Seul le Parfait peut porter l'imparfait à la perfection; seul l'Indestructible peut rendre le destructible indestructible; seul ce qui est vivant peut animer ce qui est mort.

De là, on ne doit pas chercher le médecin et le moyen de la guérison dans la nature destructible, où tout est mort et corruption. On doit chercher le Médecin et le remède dans une nature supérieure, où tout est perfection et vie.

Le défaut de connaissance de l'alliance de la Divinité avec la nature, et de la nature avec l'homme., est la vraie cause de tous les préjugés et de toutes les erreurs.

Les théologiens, les philosophes et les moralistes voulurent gouverner le monde, et le remplirent d'éternelles contradictions.

Les théologiens ne connurent pas les rapports de Dieu avec la nature et tombèrent, par là, dans des erreurs.

Les philosophes n'étudièrent que la matière et non pas l'alliance de la nature pure avec la nature divine, et manifestèrent, par là, les opinions les plus fausses.

Les moralistes ne connurent pas la corruption fondamentale de la nature humaine, et voulaient guérir par des paroles, quand les moyens étaient nécessaires.

C'est ainsi que, le monde, l'homme et Dieu même étaient livrés à d'éternelles disputes, et que les opinions chassèrent les opinions ; que la superstition et l'incrédulité dominèrent tour à tour et éloignèrent le monde de la vérité, au lieu de l'en rapprocher.

Il n'y a que dans les seules Écoles de la Sagesse qu'on apprit à connaître Dieu, la nature et l'homme, et on y travaillait depuis des milliers d'années dans le silence pour acquérir le plus haut degré de la connaissance : l'union de l'homme avec la nature pure et avec Dieu.

Ce grand but de Dieu et de la nature, auquel tout tend, fut représenté à l'homme symboliquement par toutes les religions ; et tous les monuments et hiéroglyphes sacrés étaient de simples lettres par lesquelles l'homme pouvait retrouver peu à peu le plus haut de tous les mystères divins, naturels et humains ; savoir : le moyen de guérison pour son état actuel et misérable, le moyen d'union de son être avec la nature pure et avec Dieu.

Nous avons atteint cette époque sous la conduite de Dieu. La Divinité, se rappelant de son alliance avec l'homme, nous a donné le moyen de guérison de l'humanité malade, et montré les voies pour élever l'homme à la dignité de sa nature pure, et l'unir avec Elle, source de sa félicité.

La connaissance de ce moyen de salut est la science des saints et des élus ; et sa possession, l'héritage promis aux enfants de Dieu.

Ayez la bonté, frères aimés, de nous accorder toute votre attention.

Dans notre sang, il y a une matière gluante (appelée *gluten*) cachée, qui a une parenté plus proche avec l'animalité qu'avec l'esprit. Ce *gluten* est la *matière du péché*.

Cette matière peut être modifiée différemment par des excitations sensibles ; et, d'après l'espèce de modification de cette matière du péché, se distinguent les mauvaises inclinations au péché.

Dans son plus haut état d'expansion, cette matière opère la présomption, l'orgueil ; dans son plus haut état de contraction, l'avarice, l'amour-propre, l'égoïsme ;

Dans l'état de répulsion, la rage, la colère ; dans le mouvement circulaire, la légèreté, l'incontinence ;

Dans son excentricité, la gourmandise, l'ivrognerie ;

Dans sa concentricité, l'envie ;

Dans son essentialité, la paresse.

Ce ferment du péché est plus ou moins abondant dans chaque homme, et transmis par les parents aux enfants; et sa propagation en nous empêche toujours l'action simultanée de l'esprit sur la matière.

Il est vrai que l'homme peut mettre, par sa volonté, des limites à cette matière du péché, la dominer pour qu'elle devienne moins agissante en lui; mais l'anéantir entièrement n'est pas en son pouvoir. De là dérive le combat continuel du bien et du mal en nous.

Cette matière du péché qui est en nous, forme les liens de la chair et du sang, par lesquels nous sommes liés d'un côté à notre esprit immortel, et de l'autre aux excitations animales.

Elle est comme l'amorce par laquelle les passions animales s'embrasent en nous.

La réaction violente de cette matière du péché en nous à l'excitation sensuelle, est la cause pour laquelle, par défaut de jugement juste et tranquille, nous choisissons plutôt le mal que le bien, parce que la fermentation de cette matière, source des passions, entrave l'activité calme de l'esprit, condition d'un jugement sain.

Cette même substance du péché est aussi la cause de l'ignorance, car, comme sa trame épaisse et inflexible surcharge les fibres délicates de notre cerveau, elle contrecarre l'action simultanée de la raison, qui est nécessaire à la pénétration des objets de l'entendement.

Ainsi, le faux et le mal sont les propriétés de cette matière du péché en nous, comme le bien et le vrai sont les attributs de notre principe spirituel.

Par la connaissance approfondie de cette matière du péché, nous apprenons à voir combien nous sommes moralement malades, et à quel point nous avons besoin d'un médecin qui nous administre le remède capable d'annihiler ladite matière et de nous ramener à la santé morale.

Nous apprenons également à voir que toutes nos manières de moraliser avec des paroles servent peu, là où des moyens réels sont nécessaires.

On moralise déjà depuis des siècles, et le monde est toujours le même. Le malade ne deviendra pas convalescent si le médecin ne fait que moraliser à son chevet. Il est nécessaire qu'il lui prescrive des remèdes; mais auparavant on doit connaître l'état réel du malade

### ÉTAT DE MALADIE DE L'HUMANITÉ

L'état de maladie des hommes est un véritable empoisonnement; l'homme a mangé du fruit de l'arbre dans lequel le principe corruptible et matériel prédominait, et s'est empoisonné par cette Jouissance.

Le premier effet de ce poison fut que le principe incorruptible, qu'on pourrait appeler le corps de vie, comme la matière du péché est le corps de mort, dont l'expansion formait la perfection d'Adam, se concentra dans l'intérieur, et abandonna l'extérieur au gouvernement des éléments. C'est ainsi qu'une matière mortelle couvrit bientôt l'essence immortelle, et les suites naturelles de la perte de la lumière furent l'ignorance, les passions, la douleur, la misère et la mort.

La communication avec le monde de la lumière fut interceptée ; l'œil intérieur qui voyait partout la vérité, se ferma, et l'œil matériel s'ouvrit à l'aspect inconstant des phénomènes.

L'homme perdit toute sa félicité et, dans cet état misérable, il eut été perdu pour toujours, sans moyens de salut. Mais l'amour et la miséricorde infinie de Dieu, qui n'eut jamais d'autre but en créant que la plus haute félicité des créatures, ouvrit immédiatement après la chute, à l'homme tombé, les moyens du salut qu'il avait à espérer avec toute sa postérité, afin qu'étant fortifié par l'espérance dans son bannissement, il puisse supporter son malheur humblement et avec résignation, et conserver dans son pèlerinage la grande consolation que tout ce qu'il avait corrompu recouvrerait sa perfection première par l'amour d'un Sauveur.

Sans cette révélation, le désespoir aurait été le lot de l'homme.

L'homme avant la chute était le Temple vivant de la Divinité ; et, dans le moment où ce temple fut dévasté, le plan pour le rebâtir fut déjà projeté par la Sagesse de Dieu, et de cette époque commencent les Mystères Sacrés de toutes les religions, qui ne sont en eux-mêmes sous mille dehors différents, adaptés aux circonstances des divers peuples, que les symboles répétés et déformés d'une vérité unique, qui est : *la Régénération de l'homme, ou sa réunion avec Dieu.*

Avant la Chute, l'homme était sage ; il était uni à la Sagesse ; après la Chute, il fut séparé d'elle. C'est pourquoi la Révélation lui devint nécessaire, pour le mettre en mesure de se réunir à elle de nouveau. Et cette première Révélation était la suivante :

L'état d'immortalité consiste en ce que l'immortel pénètre le mortel.

L'immortel est une substance divine qui est la magnificence de Dieu dans la nature, le substratum du monde des esprits, en bref, l'infinité divine en laquelle tout a vie et mouvement.

C'est une loi absolue qu'aucune créature ne peut être vraiment heureuse hors de la source de toute félicité. Cette source est la magnificence de Dieu même.

Par l'assimilation d'un aliment périssable, l'homme est devenu lui-même périssable et matériel : la matière se trouve pour ainsi dire entre Dieu et lui ; il n'est plus pénétré immédiatement par la Divinité, et, par là, est assujetti aux lois de la matière.

Le divin en lui, qui est enfermé dans les liens de la matière, est son principe immortel ; celui-ci doit être mis en liberté, se développer de nouveau en lui afin de gouverner le mortel. Alors, l'homme se retrouvera dans sa dignité primitive.

Mais un moyen pour sa guérison, et pour éliminer le mal interne, est nécessaire. L'homme déchu ne peut ni reconnaître ce moyen par lui-même, ni s'en emparer. Il ne peut pas le reconnaître parce qu'il a perdu la connaissance pure, la lumière de la sagesse ; il ne peut pas s'en emparer, parce que ce moyen est enfermé dans le plus intérieur de la nature ; et il n'a ni le pouvoir ni la force pour ouvrir cet intérieur.

De là la Révélation pour connaître ce moyen et la force pour l'acquérir lui sont nécessaires.

Cette nécessité, pour le recouvrement du salut des hommes détermina la Sagesse ou le Fils de Dieu à se donner à connaître à l'homme, comme étant *la substance pure, de laquelle tout a été fait.* A cette substance pure est réservé de vivifier tout ce qui est mort, et de purifier tout ce qui est impur.

Mais pour que cela s'accomplisse et que le plus intérieur, le divin dans l'homme, enfermé dans l'enveloppe de la mortalité, soit ouvert de nouveau, et que le monde entier puisse être régénéré, il était nécessaire que cette substance divine s'humanisât, et transmît la force divine et régénératrice à l'humain ; il était nécessaire aussi que cette forme divine-humaine fût tuée, afin que la substance divine et incorruptible contenue dans son sang puisse pénétrer dans le plus intérieur de la terre et opérer une dissolution progressive de la matière corruptible ; pour que, dans son temps, la terre pure et régénérée puisse être retrouvée par l'homme, et que l'Arbre de Vie y soit planté ; car par la jouissance de son fruit renfermant en lui le principe immortel, le mortel en nous sera anéanti, et l'homme sera guéri par le fruit de l'Arbre de Vie, comme il a été empoisonné par la jouissance du fruit du principe mortifère.

Ceci fut la première et la plus importante révélation sur laquelle sont fondées toutes les autres et qui fut toujours conservée et transmise oralement parmi les Élus de Dieu jusqu'à nos jours.

La nature humaine avait besoin d'un Rédempteur ; ce Rédempteur fut Jésus-Christ, la Sagesse de Dieu Lui-même, la Réalité émanée de Dieu ; Il Se revêtit d'humanité afin d'introduire, de nouveau, dans le monde, la substance divine et immortelle, qui n'était autre que Lui-même.

Il s'offrit Lui-même, volontairement, afin que les forces pures renfermées dans

Son sang pussent pénétrer directement les plus intimes profondeurs de la nature terrestre et y réintroduire le germe de toutes les perfections.

Lui-même, comme Grand-Prêtre et Victime en même temps, entra dans le Saint des Saints et, après avoir accompli tout ce qui était nécessaire, posa les fondements du Sacerdoce royal de Ses Élus et leur enseigna, par la connaissance de Sa Personne et de Ses pouvoirs, de quelle manière ils devaient conduire, comme étant les premiers-nés de l'Esprit, les autres hommes, leurs frères, à la félicité générale.

Et, ici, commencent les Mystères sacerdotaux des Élus et de l'Église Intérieure.

La vraie *Science royale et sacerdotale* est la science de la régénération, ou celle de la réunion de l'homme tombé avec Dieu.

Elle est appelée *science royale* parce qu'elle conduit l'homme à la puissance et à la domination sur toute la nature.

Et elle est appelée *science sacerdotale,* parce qu'elle sanctifie tout, porte tout à la perfection répandant partout la Grâce et la bénédiction.

Cette science tire immédiatement son origine de la *Révélation verbale de Dieu ;* elle fut toujours la science de l'Église intérieure des prophètes et des saints, et ne reconnut jamais un autre Grand-Prêtre que Jésus-Christ, le Seigneur.

Cette science avait pour triple but de régénérer successivement, d'abord, l'homme isolé, ensuite, de nombreux hommes, en dernier lieu, l'ensemble de l'humanité. Sa pratique consistait dans le plus haut perfectionnement de soi-même et de tous les objets de la nature.

Cette science ne fut enseignée par personne que par l'Esprit de Dieu même, et par ceux qui étaient en union avec cet Esprit ; et elle se distingua de toutes les autres sciences en ce qu'elle enseignait la connaissance de Dieu, de la nature et de l'homme dans une synthèse parfaite, alors que les sciences extérieures ne connaissent ni Dieu, ni la nature, ni l'homme et sa destination, avec exactitude.

Elle apprit à l'homme à distinguer la nature pure et incorruptible de la nature impure et corrompue et lui enseigna les moyens de séparer cette dernière pour reconquérir la première.

Brièvement, son contenu était la connaissance de Dieu dans l'homme et de l'expression divine dans la nature constituant le sceau de la Divinité, et nous donnant les moyens d'ouvrir notre intérieur pour atteindre à l'union avec le divin.

Cette réunion, cette régénération, en étaient le but le plus élevé, et c'est de là que le Sacerdoce tira son nom : *religio, clerus regenerans.*

Melchisédeq fut le premier Prêtre-Roi ; tous les vrais prêtres de Dieu et de la nature descendent de lui, et Jésus-Christ Lui-même se joignit à lui, comme prêtre «selon l'ordre de Melchisédeq».

Ce mot est déjà littéralement de la plus haute et de la plus vaste signification.

מלכי צדק (*Melchi-Tsédeq*), signifie littéralement «l'instructeur dans la vraie substance de vie et dans la séparation de cette véritable substance de la vie d'avec l'enveloppe destructible qui l'enferme».

Un prêtre est un séparateur de la nature pure d'avec la nature impure; un séparateur de la substance qui contient tout, d'avec la matière destructible qui occasionne la douleur et la misère. Le sacrifice, ou ce qui a été séparé, consiste dans le pain et le vin.

*Pain* veut dire littéralement la substance qui *contient tout,* et *vin* la *substance qui vivifie tout.*

Ainsi, un prêtre selon l'ordre de Melchisédeq est celui qui sait séparer la substance qui contient tout et vivifie tout, de la matière impure; et qui la sait employer comme un vrai moyen de réconciliation et de réunion pour l'humanité tombée, afin de lui communiquer la vraie dignité royale ou la puissance sur la nature, et la dignité sacerdotale ou le pouvoir de s'unir par la Grâce, aux mondes supérieurs.

Dans ce peu de mots est contenu tout le Mystère du Sacerdoce de Dieu, l'occupation qui est le but du prêtre.

Mais ce Sacerdoce royal ne pouvait acquérir sa maturité parfaite, que lorsque Jésus-Christ Lui-même, comme Grand-Prêtre, eut accompli le plus grand de tous les sacrifices et fut entré dans le sanctuaire le plus intérieur.

Ici s'ouvrent de nouveaux et grands mystères dignes de toute votre attention.

Lorsque, d'après les décrets éternels de la sagesse et de la justice de Dieu, il fut résolu de sauver l'espèce humaine tombée, la sagesse de Dieu dut choisir le moyen qui était, sous tous les rapports, le plus efficace pour la consommation de ce grand but.

Lorsque l'homme, par la jouissance d'un fruit corruptible, et qui portait en lui le ferment de la mort, fut empoisonné de telle sorte que tout ce qui était autour de lui devint mortel et destructible, la miséricorde divine devait nécessairement établir un contrepoison qui pût de même être absorbé, et qui contînt en lui la substance qui renferme et vivifie tout, afin que, par la jouissance de cette nourriture immortelle, l'homme empoisonné et assujetti à la mort pût être guéri et délivré de sa misère. Mais, pour que cet arbre de vie pût être planté de nouveau ici-bas, il était nécessaire avant tout que le principe matériel et corruptible qui est dans le centre de la terre, fût d'abord régénéré, transformé et rendu capable d'être un jour une substance qui vivifierait tout.

Cette aptitude pour une nouvelle vie, et la dissolution de l'essence corruptible elle-même, qui se trouvait dans le centre de la terre, n'étaient possibles qu'autant que la substance divine de la vie s'envelopperait de chair et de sang, pour transmettre les forces cachées de la vie à la nature morte. Ceci se fit par la mort de Jésus-Christ. La *force tinctoriale,* qui découla de Son sang répandu, pénétra le plus intérieur de la terre, ressuscita les morts, brisa les rochers, et occasionna l'éclipse totale du soleil, lorsqu'elle repoussa, du centre de la terre dans lequel la lumière pénétra, toutes les parties des ténèbres vers la circonférence, et posa la base de la glorification future du Monde.

Depuis l'époque de la mort de Jésus-Christ, la force divine, instillée dans le centre de la terre par son sang répandu, travaillait toujours pour s'extérioriser et rendre toutes les substances graduellement capables du grand bouleversement qui est réservé au monde.

Mais la régénération de l'édifice du monde en général n'était pas le seul but de la Rédemption. L'homme était l'objet principal qui Lui a fait répandre Son sang, et pour lui procurer déjà, dans ce monde matériel, la plus haute perfection possible par l'amélioration de son être, Jésus-Christ Se détermina à des souffrances infinies.

Il est le Sauveur du monde, Il est le Sauveur des hommes. L'objet, la cause de Son incarnation était de nous racheter du péché, de la misère et de la mort.

Jésus-Christ nous a délivrés de tout mal par Sa chair qu'il a sacrifiée, et par Son sang qu'il a répandu pour nous.

Dans la claire compréhension de la Chair et du Sang de Jésus-Christ, réside la vraie et pure connaissance de la régénération effective de l'homme.

Le mystère de l'union avec Jésus-Christ, non seulement spirituellement, mais aussi corporellement, est le mystère suprême de l'Église intérieure.

Devenir Un avec Lui, en esprit et en être, telle est la suprême réalisation qu'attendent Ses Élus.

Les moyens de cette possession réelle de Dieu sont cachés aux sages de ce monde, et révélés à la simplicité des enfants.

O philosophie orgueilleuse, prosterne-toi devant les grands et divins mystères inaccessibles à ta sagesse et sans commune mesure avec les pâles lumières de la raison humaine!

# SIXIÈME LETTRE

Dieu s'est fait homme pour diviniser l'homme. Le Ciel s'unira avec la terre pour transformer la terre en un Ciel.

Mais, pour que cette divinisation et cette transformation de la terre en Ciel puissent se faire, le changement, la conversion de notre être est nécessaire.

Ce changement, cette conversion, est appelé *renaissance*.

Naître veut dire entrer dans un monde dans lequel domine la sensualité, où la sagesse et l'amour languissent dans les liens de l'individualité.

Renaître veut dire retourner dans un monde où l'esprit de sagesse et d'amour domine et où l'homme animal obéit.

La renaissance est triple : premièrement la renaissance de notre raison ;

Deuxièmement, la renaissance de notre cœur ou de notre volonté ;

Et enfin la renaissance de tout notre être.

La première et seconde espèces de renaissance sont la renaissance spirituelle ;

Et la troisième, la renaissance corporelle.

Beaucoup d'hommes pieux, et qui cherchaient Dieu, ont été régénérés dans l'intelligence et la volonté ; mais peu ont connu la renaissance corporelle. Cette dernière fut aussi donnée à peu d'hommes, et ceux auxquels elle était donnée ne le fut qu'afin qu'ils pussent opérer comme *agents* de Dieu, d'après de hauts desseins, et rapprocher l'humanité de sa félicité.

Maintenant, il est nécessaire de vous montrer, frères aimés, le véritable ordre de la renaissance. Dieu qui est toute force, sagesse et amour, opère tout d'après l'ordre et l'harmonie.

Celui qui ne reçoit pas la vie spirituelle, chers frères, celui qui ne naît pas de nouveau du Seigneur, ne peut pas entrer dans le Ciel. L'homme est engendré par ses parents dans le péché original, c'est-à-dire, qu'il entre dans la vie naturelle et non dans la spirituelle.

La vie spirituelle consiste à aimer Dieu par-dessus tout, et le prochain comme soi-même.

Dans ce double amour consiste le principe de la nouvelle vie.

L'homme est engendré dans le mal, dans l'amour de soi-même et l'amour du monde.

*L'amour de soi-même,*

*L'intérêt propre,*

*Le plaisir propre;*

Voilà les attributs substantiels du mal. Le bien est dans l'amour de Dieu et du prochain.

Ne connaître aucun amour que l'amour de tous les hommes;

Ne connaître aucun intérêt que l'intérêt de tous les hommes;

Ne connaître aucun plaisir, aucun bien-être que le bien-être de tous;

C'est par là que se distingue l'esprit des enfants de Dieu, de l'esprit des enfants du monde.

Et échanger l'esprit du monde pour l'esprit des enfants de Dieu, c'est être régénéré; et cela veut dire dépouiller le vieil homme et se revêtir du nouveau.

Mais personne ne peut renaître, s'il ne sait et n'applique les principes suivants:

La vérité doit être l'objet de la foi; le bien doit devenir l'objet de notre faculté de faire et de ne point faire.

Ainsi, celui qui veut renaître, doit d'abord connaître ce qui convient à la renaissance.

Il doit pouvoir concevoir, méditer et réfléchir sur tout cela.

Ensuite il doit aussi agir d'après ce qu'il sait, et la conséquence en sera une nouvelle vie.

Maintenant, comme il est d'abord nécessaire de savoir et d'être instruit dans tout ce qui appartient à la renaissance, un docteur ou un instructeur est nécessaire, et si on le connaît, la foi en lui est aussi nécessaire, car à quoi servirait le docteur, si le disciple n'a point confiance en lui?

De là, le point de départ pour renaître est la foi à la Révélation.

Il doit commencer à croire que le Seigneur, le Fils, est la Sagesse de Dieu, qui est, de toute éternité, de Dieu, et qu'Il est venu dans le monde pour rendre heureuse l'espèce humaine. Il doit croire que le Seigneur a tout pouvoir dans le ciel et sur la terre, et que toute foi et amour, tout le vrai et le bien viennent de Lui seul: que le Seigneur est le Médiateur, le Sauveur et le Gouverneur des hommes.

Quand cette foi la plus élevée a pris racine en nous, nous pensons souvent au Seigneur, et ces pensées tournées vers Lui développent, par Sa grâce réagissante en nous, les sept puissances spirituelles prisonnières. La voie vers cette ouverture est la suivante.

Veux-tu, homme et frère, acquérir la plus haute félicité qui te soit possible? cherche la Vérité, la Sagesse et l'Amour! Mais tu ne trouveras la Vérité, la Sagesse et l'Amour que dans une unité et c'est le Seigneur Jésus-Christ, l'Oint de la Lumière.

Cherche Jésus-Christ de toutes tes forces, cherche-le de toute la plénitude de ton cœur.

Le commencement de ton ascension est la connaissance de ta nullité ; de cette connaissance résulte le besoin d'une puissance plus haute ; ce besoin est le germe de la foi.

La foi donne la confiance, mais la foi a aussi ses étapes. D'abord vient la foi historique ;

Ensuite la foi morale ;

Et puis la foi divine ;

Et enfin la foi *vive*.

La progression est la suivante :

La foi historique commence quand nous apprenons à connaître, par l'histoire et la Révélation, qu'un homme a existé, qui s'appelait Jésus de Nazareth ; que cet homme était un homme tout à fait particulier, qui aimait extraordinairement les hommes, les combla de grands bienfaits, et mena une vie extrêmement vertueuse ; en un mot, qu'il était un des hommes les plus moraux et les meilleurs, et qu'il mérite toute notre attention et tout notre amour.

Par cette foi simplement historique à l'existence de Jésus-Christ, arrive la foi morale dont le développement fait que nous acquérons, voyons et trouvons réellement du plaisir dans tout ce qu'enseignait cet homme ; trouvons que sa doctrine simple était pleine de sagesse, et son école pleine d'amour ; qu'il avait des intentions droites envers l'humanité, et qu'il souffrit volontairement la mort pour la vérité. C'est ainsi qu'à la foi à Sa personne succède celle à Ses paroles, et par celle-ci se développe la foi à Sa divinité.

Ce même Jésus-Christ qui nous est si cher dans Sa personne, qui nous devient si vénérable par Sa vie et Sa doctrine ; ce même Jésus-Christ nous dit maintenant qu'il est le Fils de Dieu : Il fortifie ce qu'Il dit par des miracles ; guérit les malades, ressuscite les morts, ressuscite Lui-même de la mort, et demeure avec Ses disciples pour les instruire dans les mystères plus élevés de la nature et de la religion, quarante jours après sa résurrection.

Ici, la foi naturelle et raisonnable en Jésus-Christ se change en foi divine. Nous commençons à croire qu'il était Dieu fait homme.

De cette foi résulte que nous tenons pour vrai tout ce que nous ne comprenons pas. encore, et qu'Il nous ordonne de croire.

Par cette foi à la divinité de Jésus, par cet abandon entier à Lui et la fidèle observation de Ses lois, éclot enfin la foi vive, par laquelle nous vérifions par expérience intérieure tout ce que nous avions cru jusqu'à présent seulement par une confiance d'enfant, et cette foi vivante et vécue est la plus haute de toutes.

Quand notre cœur, par la foi vive, a reçu en lui Jésus-Christ, alors cette Lumière du Monde naît en lui comme dans une pauvre étable.

Tout en nous est impur, envahi par les toiles d'araignée de la vanité, couvert avec la boue de la sensualité.

Notre volonté est le bœuf qui est sous le joug des passions.

Notre raison est l'âne, attaché à l'opiniâtreté de ses opinions, à ses préjugés et à ses sottises.

Dans cette misérable chaumière et en ruines, dans le lieu d'habitation des passions animales, Jésus-Christ est né en nous par la foi.

La simplicité de notre âme est l'état des bergers qui Lui apportent les premières offrandes, jusqu'à ce qu'enfin les trois principales forces de notre dignité royale, notre raison, notre volonté et notre activité, se prosternent devant Lui et Lui offrent les dons de la vérité, de la sagesse et de l'amour.

Peu à peu, l'étable de notre cœur se change en Temple extérieur, dans lequel Jésus-Christ enseigne.

Mais ce Temple est encore rempli de scribes et de pharisiens. Les marchands de pigeons et les changeurs s'y trouvent encore et doivent en être chassés, afin que le Temple devienne une Maison de Prière.

Peu à peu, Jésus-Christ élit, pour L'annoncer, toutes les bonnes forces de notre être : Il guérit notre aveuglement, purifie notre lèpre, ressuscite ce qui en nous était mort. En nous toujours, Il est crucifié, meurt et ressuscite en vainqueur glorieux. Dès lors, Sa personnalité vit en nous et nous instruit dans les plus sublimes. mystères, jusqu'à ce qu'enfin Il nous appelle à la Régénération intégrale, montant au Ciel pour nous envoyer l'Esprit de Vérité.

Mais avant que l'Esprit n'opère pleinement en nous, nous éprouvons les transformations suivantes :

D'abord, les sept puissances de notre entendement sont dégagées, puis les sept puissances de notre cœur ou de notre volonté, et cette exaltation s'effectue comme suit :

L'entendement humain se divise en sept puissances ; la première puissance est celle de regarder les objets hors de nous : *intuitus*.

Par la seconde puissance, nous percevons les objets considérés : *apperceptio*.

Par la troisième puissance, ce qui a été perçu est réfléchi : *reflexio*.

La quatrième puissance est celle de considérer les objets perçus dans leur diversité : *fantasia, imaginatio*.

La cinquième puissance est celle de se décider sur quelque chose : *judicium*.

La sixième puissance coordonne les choses d'après leurs rapports : *ratio*.

La septième, enfin, réalise la compréhension synthétique des choses coordonnées : *intellectus*.

Cette dernière contient, pour ainsi dire, la somme de toutes les autres.

La volonté de l'homme se divise de même en sept puissances, qui, prises ensemble, forment la volonté de l'homme, ou sont, pour ainsi dire, comme ses parties substantielles.

La première est la capacité de désirer des choses hors de soi : *desiderium*.

La seconde est la capacité de pouvoir s'approprier les choses désirées : *appetitus*.

La troisième est la puissance de leur donner une forme, de les rendre réelles, ou de satisfaire la concupiscence : *concupiscentia*.

La quatrième est la puissance de recevoir en soi les penchants sans se décider pour aucun, ou l'état de passion : *passio*.

La cinquième est la puissance de se résoudre pour ou contre une chose, la liberté : *libertas*.

La sixième est la puissance du choix, ou de la résolution réellement prise : *electio*.

La septième est la puissance de donner une existence à l'objet choisi : *voluntas*.

Cette septième puissance contient encore toutes les autres et en est la somme.

Maintenant les sept puissances de l'entendement, comme les sept puissances de notre cœur ou de la volonté, peuvent être ennoblies et exaltées, d'une manière particulière, quand nous prenons Jésus-Christ, comme étant la Sagesse de Dieu, pour principe de notre raison ; et Sa vie, tout Amour, pour moteur de notre volonté.

Notre entendement est formé d'après celui de Jésus-Christ,

1° Quand nous L'avons en vue en toutes choses, quand Il forme l'unique critère de nos actions ; *intuitus :*

2° Quand nous percevons partout Ses actions, Ses sentiments et Son esprit ; *apperceptio :*

3° Quand dans toutes nos pensées, nous réfléchissons sur Ses préceptes, quand nous pensons en toutes choses, comme Il aurait pensé ; *reflexio :*

4° Quand nous faisons en sorte que Ses sentiments, Ses pensées, Sa sagesse soient l'objet unique de notre force d'imagination ; *fantasia :*

5° Quand nous rejetons chaque pensée qui n'est pas conforme à la Sienne, et quand nous choisissons chaque pensée qui pourrait être la Sienne ; *judicium ;*

6° Quand, enfin, nous coordonnons tout l'édifice des idées de notre esprit d'après Ses idées et Son esprit ; *ratio.*

C'est ainsi que

7° Naîtra en nous une nouvelle lumière, plus haute, surpassant, et de loin, celle de la raison des sens ; *intellectus.*

Notre cœur se réforme de même, quand, en tout :

1°  Nous ne tendons qu'à Lui : *desiderare.*

2°  Nous ne voulons que Lui : *appetere.*

3°  Nous ne convoitons que Lui : *concupiscere.*

4°  Nous n'aimons que Lui : *amare.*

5°  Nous ne choisissons que tout ce qu'Il est, et fuyons tout ce qu'Il n'est pas : *eligere.*

6°  Nous ne vivons qu'en harmonie avec Lui, avec Ses commandements, Ses institutions et Ses ordres : *subordinare.* Par quoi, enfin :

7°  Naît une union complète de notre volonté avec la Sienne, par laquelle nous ne sommes en Lui et avec Lui qu'un sens et qu'un cœur, si bien que le *nouvel homme* se manifeste peu à peu en nous, la Divine Sagesse et l'Amour Divin s'unissant pour engendrer ce nouvel homme spirituel, dans le cœur duquel la foi passe en vision réelle, si bien qu'en comparaison de cette Foi vivante, les trésors des deux Indes ne sont que boue.

Cette possession actuelle de Dieu ou Jésus-Christ en nous, est le centre vers lequel convergent tous les mystères, comme les rayons d'un cercle.

Le Royaume de Dieu est un royaume de vérité, de moralité et de félicité. Il opère dans les individus du plus intérieur au plus extérieur d'eux-mêmes et doit se répandre progressivement, par l'Esprit de Jésus-Christ, sur toutes les nations, pour instaurer partout un ordre dont bénéficieront également l'individu et l'espèce, et grâce auquel la nature humaine pourra atteindre à sa plus haute perfection et où l'humanité malade pourra trouver le remède à tous ses maux.

Ainsi l'Amour et l'Esprit de Dieu vivifieront seuls, un jour, le genre humain, éveillant et évertuant les forces de notre nature, les orientant d'après les desseins de la Sagesse et faisant, entre elles, régner l'Harmonie.

Paix, fidélité, concorde domestique, amour des supérieurs envers leurs inférieurs, empressement des sujets envers leurs chefs, amour réciproque des nations seront les premiers fruits de cet Esprit.

L'inspiration du bien sans chimères, l'exaltation de notre âme sans une trop dure tension, la chaude sollicitude du cœur sans impatience turbulente, rapprocheront, réconcilieront et uniront les humains si longtemps séparés et divisés, si longtemps dressés les uns contre les autres par les erreurs et les préjugés.

Alors, dans le grand Temple de la Nature, grands et petits, pauvres et riches, chanteront les louanges du Père de l'Amour.

## APPENDICE :
## LE CIEL SUR TERRE
## OU
## JÉSUS-CHRIST DANS LE CŒUR DE L'HOMME

Le monde ne sera heureux que quand il possédera en lui Jésus-Christ. Alors, la félicité régnera sur terre, la paix et la prospérité seront le partage de tous.

Qu'est-ce que Jésus-Christ ? Il est l'Amour, la Sagesse, la Puissance ; Il est la source des inclinations pures qui conduisent à l'illumination intérieure !

Là où Il est, réside la dignité de l'homme, la béatitude du cœur purifié ; Lui seul se charge du fardeau qui nous tient plongés profondément dans la misère.

Là où Son Esprit règne dans le cœur, disparaissent chagrin et souffrance ; tous les jours passés avec Lui sont jours de printemps, toutes les heures, heures de délices.

Les princes qui règnent par Lui n'ont point d'égaux ; l'Amour seul est leur royaume.

Tentons une esquisse de la bénédiction qui sera sur nous, quand l'humanité entière, unie par l'Amour, résidera dans Son Temple :

Les princes seront les pères de leurs peuples ; les prêtres en seront les médecins ; et à Lui seul, le Grand Sauveur des Hommes, nous serons redevables de ce bonheur.

Tous ceux qui se fuyaient ou se haïssaient, le juif et le Gentil, le puissant et le misérable, tous ceux qui sont présentement en discorde, vivront en harmonie mutuelle.

Des remèdes sont préparés en vue de la convalescence du malade ; une fraternelle tendresse veille sur le pauvre.

L'affamé est restauré ; le malheureux trouve appui ; l'étranger reçoit hospitalité.

La veuve ne pleure plus, l'orphelin ne se désole plus ; chacun a sa suffisance, car le Seigneur a soin de tous.

L'Esprit et la Vérité résident dans le Temple ; le service de l'autel est célébré par le cœur aussi bien que par la bouche, et le sceau sacré de la Divinité est garant de la dignité du prêtre.

La Sagesse est le joyau suprême des diadèmes terrestres ; l'Amour règne dans le Sanctuaire et emparadise le monde.

Plus d'immolations de nos frères sur des échafauds sanglants : nous sommes les rameaux d'un même arbre et chacun est nécessaire aux autres.

Les chirurgiens qui taillent arbitrairement dans les membres, de nos jours, mettent toute leur sagesse à conserver les corps comme le leur propre.

Ah ! Que vois-je ? Quelle joie inconnue encore à mon cœur de chair : chrétien et juif, mahométan et païen marchent de concert, la main dans la main !

Le loup et l'agneau sont dans la prairie ; l'enfant joue avec la vipère ; les natures ennemies sont réconciliées par l'Amour.

Et toi, pèlerin en quête de l'étape, encore quelques pas sur la Voie et, alors, tu pourras te retourner ! Déjà, peu à peu, tombe le Voile du Sanctuaire intérieur !

Vois comme la chauve-souris et la chouette fuient devant le lever du Soleil ; comme l'erreur, la nuit et les préjugés redescendent au séjour des ombres :

La nouvelle terre commence ; le nouveau siècle est proche : l'Esprit de Jésus-Christ dit : « Qu'il soit ! » — et, déjà, il est véritablement !

Il est là ; il semblerait qu'on puisse le voir... Mais non — il doit demeurer invisible jusqu'à ce que tombe le Voile.

Alors seulement, aucune révolution ne menacera plus la terre : Lui, le désiré des nations, le Seigneur, est proche.

Quand l'esprit des ténèbres pousserait encore des myriades d'hommes à s'entrégorger, il devra cependant s'enfuir, car la victoire est promise à l'Amour !

Dieu se sert d'armes étrangères quand son peuple L'oublie entièrement ; le péché, source des maux, devient la punition du péché !

Cependant, qu'une seule larme tombe des yeux du pécheur, la scène de douleur change, parce que son Père est proche !

Un seul gouverne tout ; un seul conduit tout d'après les desseins de Sa Sagesse. Plusieurs de ceux qui combattent pour Lui ne le savent souvent pas eux-mêmes.

Beaucoup n'ont connu que ce qui tombe sous le regard des sens. Quand le Voile sera levé, quel étonnement pour le monde !

Alors, philosophes orgueilleux, vous vous éloignerez avec confusion de Celui en qui les sages espèrent, Lui qui est leur lumière et leur béatitude.

La raison que vous divinisez n'est qu'une simple lumière des sens : celui qui monte les degrés de Babel ne peut atteindre la vérité.

Votre ouvrage sera anéanti par Celui qui disperse le sable au vent : toute erreur devra s'éclipser devant la majesté de la Foi !

# Table des matières